济公传说

【中国民俗文化丛书】

刘魁立 张 旭 主编
柯 玲 编著

中国社会出版社

序

中国民俗学会理事长　　刘魁立

人生活于文化之中，正像人离不开空气一样。《周易》说："观乎天文，以察时变；观乎人文，以化成天下。"无论汉语"文化"一词是否由此而来，这段话至少说明，我们的祖先向来对文化的重要性有十分清楚和极其深刻的理解。文化确乎是人之所以成为人、人类之所以成为人类的根本标志。人创造了文化，文化也创造了人，从这个意义上也可以说，人是文化的动物。

从文化本身来说，相当长一段历史时期的传统文化可以粗略地、也是相对地划分为两大分流，即所谓上层文化（或称高层文化、雅文化、精致文化……）和下层文化（或称基层文化、底层文化、低层文化、民间文化）。

民间文化是人民群众创造的最古老的文化，因为它的根源可以追溯到人类发展的初始阶段；民间文化同时也是最年轻的文化，因为它仍然活生生地存在于人民的日常生活和口碑之中。民间文化还是整个社会文化的基础，并且具有极强的生命力。上层文化往往是对民间文化选择、改造和精致化的结果。

民间文学、民间艺术是民间文化中最富色彩的一个组成部分。它在人类创造的一切艺术中，生命最活跃，涉及最广泛。它以古朴纯真的艺术手段，反映着人民群众的现实生活、理想和追求。它的无数珍品，是当之无愧的美的典范。没有了它，人类将失去多少童真的回忆；没有了它，人类的爱祖国、爱家乡将会缺少多少实际可感的具体内容；没有了它，人类的欢乐、悲伤也将变得干枯而平淡；没有了它，人类将会失掉多少生活的甘美和幽默……

万家社区图书室援建和万家社区读书活动，是建设社会主义文化和建设社会主义新农村的一项战略举措。我们，作为受到农民兄弟哺育和培养的知识界、文化界，有义务用学来的知识回报衣我食我的父老乡亲，这不仅是我们的社会责任，也是我们的荣耀。

中国民俗学会在这项重要活动中，承担有关中国民间传统文化的约50种图书的撰写工作，我们组织了学养很高的，包括大批教授、研究员在内的专家队伍，来完成此项写作任务。他们在相关领域里，学有所长，业有专攻，所有作者都以光荣志愿者的精神，以科学严谨的态度，用生动活泼的文字，把相关的准确而丰富的知识，呈献给农民兄弟和城镇社区的读者。完成这项具有重要意义的写作编书任务，是我们人生当中一件值得骄傲、值得自豪的事情。

中国民间文化是世世代代锤炼和传承的传统文化，其中凝聚着民族的性格、民族的精神、民族的真善美，是中华民族彼此认同的标志，是祖国同胞沟通情感的纽带。历史悠久、内涵丰富的传统文化也是我们中华民族对人类文化多样性发展的巨大贡献。急剧变化的时代在淘洗着传统的民间文化。在当今时代，我们尤其有必要对我们丰富淳厚、历史悠远的民俗传统立此存照，将其中的优秀部分及其真谛展示给广大民众，使他们对中华大地、对祖国同胞、对优秀的文化传统和淳厚的民俗民风怀有更深刻的眷恋、热爱和崇敬。继承和发扬中华民族创造的非常丰富而优秀的非物质文化遗产和民族精神，是我们的幸事，也是我们的历史责任。

我希望在大家的共同努力下，民间文化之花越开越鲜艳，为我们祖国、为我们中华民族赢得一个永恒的春天。

目录

第一章

世上真的有个济公吗

济公传说曾在我国江南一带十分流行。后来随着济公评话、济公小说的出现、盛行，不论是在宗教界还是在济公生活过的地方，济公都成了大名鼎鼎的人物，是个深得百姓喜爱的圣僧、活佛。20 世纪 80 年代，电视剧《济公》的上映，让济公形象出现在荧屏上，济公传说进入千家万户，成为人们茶余饭后的谈资，电视剧的主题曲《哪里不平哪有我》更是在一夜之间响彻江南塞北、大街小巷。

济公活佛

鞋儿破，帽儿破，身上的袈裟破，你笑我，他笑我，一把扇儿破。南无阿弥陀佛，南无阿弥陀佛，嘿、嘿，无烦无恼无忧愁，世态炎凉皆看破，走呀走，乐呀乐，哪里不平哪有我，哪里不平哪有我。

鞋儿破，帽儿破，身上的袈裟破，笑我破，笑我颠，酒肉穿肠过。南无阿弥陀佛，南无阿弥陀佛，嘿、嘿，天南地北到处游，佛祖在我心头坐。走呀走，乐呀乐，哪里不平哪有我……

《济公》电视剧的打响，是济公传说借助于新的表现手段在新时期掀起的“济公热”。其实，济公并不是20世纪新涌现出来的新新人类，济公的传说已经在人间流传了800年之久。事实上在中国，或者说在有中国人的地方，“济公”早已是个人尽皆知、耳熟能详的名字了。济公传说仿佛有着某种磁力，吸引着人们，也影响着人们。他已经成为一个为中国百姓所喜闻乐见的“侠僧”形象。

济公传说主要盛行在济公的故乡浙江天台以及他曾经活动过的杭州一带。天台的济公传说主要是讲述济公的家世和童年生活，杭州一带的济公传说则主要讲述济公出家以后的故事。南宋时的杭州是朝廷所在地，所以济公的传说又由此辐射向全国。同时，济公的影响又和中国化的佛教——禅宗紧紧联系在一起。禅宗是个与时俱进、适时而变的宗教流派，所以深得我国百姓的喜爱。济公传说和济公的宗教影响一起形成了特色鲜明的“济公文化”。这种文化蕴涵着许多中华传统文化的精髓。

但是，一般人所了解的济公传说，往往只是济公性格、品格和人格精神的一些典型故事。而要真正了解济公、读懂济公，还须从济公的出生、济公的故乡、济公传说的形式演变、济公传说和当今民众的生活方式等方面加强了解。比如济公的故乡是何处这个基本的问题，也许只有部分读者或观众能说出来。不少人以为济公是杭州人，而济公真正的故乡——浙江省天台县可能很少有人知道。很多人看到了济公劫富济贫、抱打不平的性格，但不了解济公同时还是一个很有个性的诗人。

形态各异的济公

在济公的故里——浙江省天台县，济公传说至今生生不息。这不是偶然的，这和天台的自然地理、宗教渊源以及济公的家世门风都有着密切的关系。济公传说和一般传说相比，具有更加广泛的群众性。佛教意义上的“佛”是对大彻大悟、先知先觉者的尊称，而“济公活佛”的称号是人民大众自发加封的。接下来，就让我们走进“侠僧”济公吧。

济公原是天台永宁村人。父亲名叫李茂春，是位大善人，母亲王氏，夫妻恩爱，只可惜四十几岁了还没有儿女。

降龙罗汉

这天，夫妻双双到国清寺求子。方丈带他俩到大殿拜佛，拜到降龙罗汉前面，王氏呆住了：这尊菩萨笑眯眯的，好像哪里见过，有点面熟。一呆，忘记拜了。李茂春扯扯她的衣角，她才上去插香。

出殿以后，李茂春埋怨她对菩萨欠敬重，怕这次求子又要落空。方丈却说王氏这一呆呆得好，罗汉中意了，要来投胎，明年今日一定有子。李茂春将信将疑。

说来真怪。才一个月，王氏就吐酸水，想吃酸梅。李茂春高兴得谢天谢地，总算有喜了。过了十个月，该生产了。可是肚子痛了一天一夜，没生，又不痛了。又过了两个月，快要一年了，王氏肚子又痛起来了，痛了三天三夜，还是没生出来。李茂春只好又到国清寺去烧香。刚刚烧到降龙罗汉前面，降龙罗汉突然倾倒下来，吓得李茂春差点昏过去。方丈反而向他贺喜，叫他快点回家，说他妻子生了。

李茂春赶回家里，妻子果真生了。可是这婴儿生下来，日夜啼哭，任凭你怎么哄都无用。李茂春又到国清寺找方丈，方丈说："你别愁，三日后我到你家去。"

三日后，方丈来了，叫李茂春把婴儿抱出来，用手在孩子头上摸了三下，一边摸索一边说："别哭，别哭，既来之则安之。"和尚这三摸还真灵光，婴儿不哭了。

李茂春高兴极了，给孩子取名叫"修缘"，意思是修来的缘分。方丈建议改作"修元"，有内修真元、加强修养之意。

所以说，济公是国清寺降龙罗汉投胎生的。

这是一则流传甚广的济公投胎传说。大善人李茂春求子心切，心诚则灵，结果感动了上苍，罗汉下凡做了他的儿子。

济公文化具有浓缩的中华传统文化的特征。济公传说的许多故事可谓家喻户晓，但是世上到底有没有济公这个人，曾经有过不同的观点。因为关于济公这个人，正史、僧传都没有记载，历史上流传最广的文字材料，是以小说题材出现的《济公传》。小说是虚构的作品，小说家的话是不能当做真正的历史的。所以有一本叫做《花朝生笔记》的书中就认为：实际上南宋并没有济公这个人，而是由六朝僧

长老取名

人宝志和尚误传而来的。宝志的灵异故事，在《南史》中有多处记载，但以后魏杨衒（xuàn，音炫）之的《洛阳伽蓝记》记载得更为详细。

《醉菩提》是一本演说济公故事比较早也比较全的作品，但钱静方也认为是由宝志和尚的故事误传而来的。钱静方在《小说丛考》的《醉菩提院本考》中认为是人们将名字和朝代都搞错了，将“志公”误做了“济公”。

玉中济公

再如僧人广定的《济颠禅师大传序》也认为历史上并无济公。他认为“南齐有个道济，梁朝有个宝志，明代有个法舟，清代有个元济，有的与济公名号雷同，有的与济公音义相近，还有的性格特征言行举止与济公类似。《济公传》所记载的难免有牵强附会混淆不清的地方，研究者因此认为它是一部很粗糙的作品，因而不值得一看”。而陈东在《济公系列小说》的第四编《“济公”的来龙去脉》中，也肯定宝志是后来济公的原型，认为济公的故事、小说都是模仿宝志，再糅合呆行者叶守一的故事而形成的。

新浪网2003年12月1日发表了网友“伊比扎”和“黯然销魂”写于2003年11月的《追寻济公和尚的灵谷遗迹》一文，文中这样写道：“梁僧宝志是民间传说的济公和尚原型，另一部分则源于浙江李修缘。宝志生于南朝宋元嘉十三年(436年)，建康东阳人，俗家姓朱。七岁出家道林寺，成年后灵迹彰显，所做谶（chèn，音衬）语在其生前寂后多有应验，官民称之为‘志公符’，散见于《南史》各传。京城的庶民百姓、达官贵人，见了‘志公符’都很尊敬。”梁武帝还给予这位高僧随意出入皇宫的特权，宝志也常常和这位不思进取、一心事佛、昏头昏脑的萧帝谈佛论经，两人过从甚密。……至于“道济”称谓的由来，是因为宝志遁入空门“道林寺”这个地方；另外，元代文宗皇帝还封宝志为“普济圣师”，所以后人称宝志为道济和尚、济公活佛、济颠等。显然，该文是对前人否定南宋有济公观点的一次总结。

另外，也有人承认南宋确实有个僧人叫道济，但认为民间作坊刻印流行的济公传记故事是一个混合体。

但是，还有一种观点与上文相反，学术界和佛教界大多认为，虽然《济公传》里的济公掺杂有不少虚构的成分，但历史上确实曾有道济其人。本书编者也持这一观点，即南宋确实曾有一位法号为道济的和尚。大概有如下几个原因：

一是宋代《北磵（jiàn，音见）禅师论文集·湖隐方圆叟舍利铭》。这是一篇关于济公舍利子的铭文。舍利是佛徒死后火化剩下的骸骨，据说出家者舍利的多少可以看出他道行的高低。因为济公坐化后，他的舍利子既晶莹剔透又数量众多，令人称奇，所以，北磵禅师为他写下了这篇铭文。铭文中记道：这个老头是天台临海李文和都尉的远房孙子，灵隐寺的佛海禅师的徒弟。……老头名叫道济，又叫湖隐、方圆叟，当时的人都这么叫他。嘉定二年五月十四死于净慈寺。人们将他的舍利分开，藏在双岩的下面。

济公活佛

二是明代田汝成的《西湖游览志余》第十四卷《方外玄踪》中记道：济颠，原来名叫道济。因为他举止疯狂，从不收拾自己，喝酒吃肉，与市井俗人为伴，人们都以为他是疯子，所以称他为“济颠”。道济开始出家在灵隐寺，因为庙里的和尚讨厌他，就到了净慈寺，为人诵经下火。后来取得正果，七十三岁的时候，端坐着离开了人世。……现在寺中还塑着济公像。

三是明代僧人大壑的《道济传略》中说：道济，字湖隐，是天台李茂春的儿子。母亲王氏，在绍兴三年十二月初八梦见吞进日光而生下道济。道济十八岁的时候，到灵隐寺跟随瞎堂和尚慧远出家。道济行为举止疯狂，喜欢喝酒吃肉，混迹于世俗之中，时常与一帮孩子一起嬉戏玩耍。

四是明代僧人明河的《二颠师传》中，不仅记录了济公的颠行，描述了寺僧对他的不容和不齿，记述了济公“在嬉戏谈笑之间平息人间争端，救人苦难。神出鬼没，人们难以预测”。还说到了济公的义举和神通，并且对济公的诗才也有了文字记述。

五是明代僧人传灯的《济颠传》，书中称济公为“济颠禅师”，并清楚地写到他是天台人。父亲李茂春，是宋高宗李驸马的后人，做过春坊赞善，隐居于天台。母亲王氏，梦中吞了日光后生下济公。道济十八岁时，双亲相继去世。他投奔杭州灵隐寺出家，后住在净慈寺，言行举止，动辄出人意料。但他济物利生、神通感应的事迹很多。《济颠传》还说济公是天台五百罗汉之辈的人物，明显有了神化的倾向。

六是在清乾隆年间被收入《四库全书》的《武林梵志》中记载：宋代的道济，是台州李家的儿子，十八岁时赶考，经过灵隐寺，正好遇上瞎堂慧远师父开席宴客。道济因自己多年的向佛心愿以及和慧远禅师多年的缘分，请求慧远为他剃度。慧远应允，于是道济入了沙门。[①]

这些资料当中，值得一提的还是宋代的《北磵禅师论文集·湖隐方圆叟舍利铭》，这篇铭文现已成为各类宗教辞典中，介绍南宋僧人道济的重要参考文献，如《中国佛学人名词典》第3837条、《中华佛教百科全书》第8册第4896页、《宗教百科全书》第53页、日本《禅学大辞典》皆以此铭文作为道济身世背景的介绍。可见这篇铭文受到了较为普遍的关注和肯定，也就是说，宗教界基本认定济公实有其人，他——就是南宋时期的道济。

这篇铭文写的是居简和尚眼中济公的形象，也代表了最朴素的济公形象。舍利本是人死后所留下的遗体的通称。在佛教界，通常指佛陀的遗骨，后来，舍利又被用来专称高僧圆寂焚烧后所遗留下的骸骨。一般所说的舍利是骨片，所以舍利的形状、大小不一，质地坚硬而细致。我国佛教则多把豆粒形状的称为“舍利”或“舍利子”。佛教徒或一般人看修行人的修为境界的高低，除了看他高超的德行、宗教的神秘经验外，死后是否有舍利子留下也成为检验此僧有无得道的指标之一。

居简这篇舍利铭文正是为纪念济颠所写，在文中提到“都人以湖隐方圆叟舍利晶莹而耸观听”，可见道济的修行不凡，

---

① 杜洁祥主编《中国佛寺志》第八册，《武林梵志》卷九。台湾明文书局1980年。

但也显示出道济给人的感觉是内外不一，因此人们才都会有“耸观听”的惊讶。在文中我们知道道济是天台临海李文和都尉的远孙，官宦世家，受度于灵隐佛海禅师，为南宋禅宗最盛的临济宗杨岐派下门徒。他个性“狂而疏，介而洁，着语不刊削，要未尽合准绳，往往超诣，有晋宋名缁逸韵”。而他的行事是“信脚半天下，落魄四十年，天台雁宕，康庐潜皖，题墨尤隽永。暑寒无完衣，予之寻付酒家保，寝食无定，勇为老病僧办药石。游族姓家，无故强之，不往”。居简描述的道济形象，平时生活态度狂放不羁，行为举止疏散慵懒，但他个性耿介且清白正直，因此官宦门阀之人没有理由而强邀供养，他是不去的。他所题的诗文清新隽永，但常常身穿破衣烂衫，嗜好饮酒，一得到布施就统统“交给”酒家，饮食、居住都没有定数。但是道济又常常挺身而出自告奋勇地去替老和尚或生病的僧人求医办药。铭文中可以看出济公救济病困之心是积极的，但铭文没有对济公的神通显化或宗教经验做什么描述，因此，让人感到更为真实可信。

铭文中叙述济公云游四面八方，足迹遍布大半个中国，但却“落魄四十年”。说明济公当时并没有引起人们特别的尊重。有个叫周纯一的学者认为济公落魄的主要原因可能是行为得不到同伴的谅解，始终遭到排斥；另一个原因是各寺吃饭的僧人众多，要僧人到各地劝化布施，才能维持营运，也可遍访名山大寺，跟得道禅师请教禅机。为参禅而“信脚半天下”是禅者的本色，至于“落魄”可能如周纯一所言遭同侪（chái，音柴）排斥，也可能是参禅的人心境的一种描述。对参禅者来说有句名言叫做“大事未明，如丧考妣；大事已明，如丧考妣”。这就是说禅者对修道的生死之心的悲切，对悟道境界的急切，也是在说禅者的心境是无所依托的，空寂得如失去魂魄、失去父母般的无所依靠者一样。总之，居简铭文中所述的济公形象是最朴素的，他身如乞丐落拓诙谐，不守僧规好饮酒；但济公也不是无原则的人，无故不入富贵人家；有同情心勇于帮助老病僧。

居简没有谈到济公是否有神通，可见《北磵禅师论文集·湖隐方圆叟舍利铭》中的道济还是一个凡僧的形象。除了他的舍利有点令人称奇外无特异之处。但另一则材料（当然不能当做史料看待）却告诉了我们济公非凡的一面。道济圆寂后，天童如净于宋宁宗嘉定十年（1217 年）、嘉定十六年（1223 年）先后两次住持净慈寺，在他和手下所编的《天童如净禅师语录》卷下的赞佛祖部分就有赞“济颠”诗。“天台山里五百牛，跳出颠狂者一头，赛尽烟花瞒尽眼，尾巴狼藉转风流。”“牛”在佛教或禅宗中有象征大力、生死自在、本具圆成佛心的意思，可见，在天童如净的眼中已将济颠归类为罗汉之列，把济颠看做天台山五百罗汉转世投胎的。这表明在当时已有济公为罗汉转世的传说，而非学者所说是后代小说的神化，而且赞诗最后的“尾巴狼藉转风流”，也是说济公的结局比较落魄。

由此可知，“六十年来狼藉，东壁打到西壁，于今收拾归去，依然水连天碧”，确实应该是道济离开这个世界时亲笔所写的遗言，而不是后代人所凭空编造的。

居简和天童如净的文献是最早记载济颠的信息，前者的铭文记录了济颠较为朴实的一面，也多为现今学者所引用的证据；后者用赞歌的形式说明道济为罗汉转世的传说南宋已经出现。这两则文献也证明了柳存仁先生在《伦敦所见中国小说书目题要之醉菩提传》一文中所说，“从目录学的角度来说济公故事在宋朝已经有记录的端倪了”。从本书所列出的资料看，愈到后来，关于道济的文字愈富有传奇色彩。最直接的原因恐怕正是民间流传的济公传说已经相当神奇的缘故。

以上资料或出自铭文，或出自寺志，虽然具体说法有小异，但都说宋代有一位法号叫做道济的禅师。笔者以为，在没有充分的根据说明这些资料是虚假或错误的情况下，与其臆测“宋朝初年没有这个人”，无视济公传说广为流传的事实，不如尊重史料、尊重事实而相信世上确实有个济公。

对于济公传说的考辨，现代学者赵景深先生也曾有一篇题为《关于济公》的文章，结论同样为有。[①] 全文如下：

好多人问：“究竟有没有济公这个人，是不是人们臆造出来的呢？”

根据蒋瑞藻《小说考证》和钱静方的《小说丛考》，都认

---

① 原载《中国小说丛考》，齐鲁书社 1980 年。

永宁村

为没有济公这个人的。据我所知，明朝田汝成所著的《西湖游览志余》里，有一段描写济公的故事。大意是说：济颠本来名叫道济，因为疯颠，才被称为济颠。他不大讲究细节，喝酒吃肉，跟人民很接近。起初，他在灵隐寺出家，寺里的和尚讨厌他，把他赶到净慈寺。他替人家念经火葬，在七十三岁时逝世。现在寺里还塑了他的像。（在杭州虎跑还有一个济公坐化的塔。）这个记载很平常，没有什么神奇的事情，是比较可信的。

关于济公许多神怪的故事，大概是从清朝开始的。最初在清朝康熙时候，有个叫王梦吉的人，他写了一本《鞠头陀新本济公全传》，后来又有无名氏的《济颠大师醉菩提全传》以及乾隆年间另一无名氏所著的《济公传》。我也藏了其中一种石印本的叫《皆大欢喜》的书，这些书里都记载了一些关于济公神话的故事。

在清朝雍正时期，有一本叫《清波小志》的书里，写过这样一段话："神运井在杭州净慈寺香积厨，泉水很甜，相传在宋朝嘉定年间，有六甲神曾经协助道济和尚，在这儿运木头，所以叫做'神运井'。据说这井和大江相通，因此又叫做'通江'。"还有人说，当时净慈寺被毁后修建时，缺少一根大梁，济公就从井底运来。过去净慈寺和尚常常用灯照着给大家看，说是井里还横着一根木头，这当然是人工做出来，不可以相信的。

我觉得，济公的传说应该当作神话来看，不能全当作迷信。《济公活佛》这一故事，在我国民间流传很广，特别在江南一带，更是老幼皆知。他敬重好人，做了不少济困扶危的事，可是他对坏人却深恶痛绝。尤其是他戏弄官府和公差，是我们最为高兴的。当然，传说中的"济公"故事里，还存在着很多荒诞迷信的东西，这是整个故事中的糟粕，但是，像"济公"那样的人，他所憎恨和所喜爱的，正是我们所憎恨和喜爱的，这些都具有现实教育意义。尤其是他穿着破衣服，摇着破扇子，他的举动和说话都很幽默风趣，我想这也是人民喜爱《济公活佛》的一个附带的原因。

赵景深先生的分析虽可能受当时发现的资料所限，但得出的结论和我们是一致的。并且，赵先生剖析的济公传说盛行的

济公禅师

原因在今天尤为值得我们借鉴。尽管历史确有道济其人，但即便是几部寺志所记载的资料，对于道济一生的活动情况，也都是寥寥数语，凭此实难对于道济的宗教活动、佛学思想做出比较全面、系统的介绍。由凡僧到罗汉转世，民间传说逐步将济公神化、仙化，后人则根据自己所听取所理解的传说来记载，其中以明代隆庆己巳年（1569 年）四香高斋平石监刻本，为仁和沈孟柈（bàn，音半）所述的《钱塘湖隐济颠禅师语录》，所采用的传说最为完整。再后面如《醉菩提》，也是依照这本语录而加了 20 个章回成为更为顺畅的章回体小说的。由明代这两种资料来看，原先居简笔下好饮酒的济颠更加鲜活了，成为一个饮酒食肉、好与市井百姓交往、形体狂放毫无僧行的人，因而虽出家灵隐寺，但行为得不到同寺的僧人认同，以至于遭到排挤和驱逐，后来住到了净慈寺。此后，济公形象的戏谑神通成分越来越多，最终变成一个介于非俗非僧、非凡非仙，神秘莫测的传说人物。《语录》中济公的形象，基本上与上面所引的资料差不多，不同的是，《语录》将济公的身世更为清楚地描述了出来，并且明白地说出他是金身罗汉降世，以游戏的形式实现救世的心愿，所以，整个《语录》都是济公将游戏神通隐藏在颠狂之中，以救济世人的故事情节展现。

济　公

明清之际由署名天花藏主人所编的《醉菩提全传》（另名《济颠僧传》）以及约成书于清中叶的洋洋百万言的《济公全传》，为人们提供了十分丰富的济公故事。尽管这些故事不乏小说家虚构的成分，无法和真正的历史一样看待，也和传说有一定的区别，但它对于人们从各个侧面去了解济公，还是很有帮助的。济公的形象，到了评话小说中是加倍颠狂不羁、放浪形骸、饮酒食肉，丝毫没有出家人应有的四威仪行；也活脱脱地显示了济公诙谐戏谑、神通莫测的救困济贫的慈悲行径，并

济公活佛

且还将他归为罗汉投胎转世之人。另外，相关的资料所隐含的还有佛教禅宗的氛围。清代小说家郭小亭所著的《评演济公传》以及未留作者姓名的280回的《济公传》已逐渐转变为侠义公案式的神怪小说，也渐少了意寓禅机的意象。传说与济公，济公与传说，在流传中凡僧与侠士已难分清楚。

本书冠以《济公传说》之名，主要是为了遵从民意，从民间的立场来审视、描画济公，进一步突出济公正直侠义的个性，给喜爱济公、尊崇济公、信仰济公的广大民众一个富有艺术真实性的济公“活佛”。

第二章

济公传说从哪里开始

天台古城小西门外有座奇特的石桥，哪怕一个人踏上去桥身也会摇动，可是千走万踏却照样受得了。据说，这是因为它是“活佛”济公建造的缘故。

那时候，百姓再三要求官府在赭溪上造座便民桥，新来的杜知县充耳不闻，却对国清寺的金木鱼垂涎三尺，死皮赖脸地要方丈送给他。济公决定治他一治。

杜知县捧着这金光闪闪的镇寺法宝，坐着八抬大桥，前呼后拥，吹吹打打，好不威风。突然桥前来了个小和尚济公，旧僧帽，破蒲鞋，说要跟县太爷讲话。杜知县嫌他这身打扮倒了自己的雅兴，一声吆喝，水火棍劈头盖脑地落下来，谁知济公竟若无其事。等他们一个个打酸了手，才笑呵呵地说：“这回该轮着我了！”

只见济公把芭蕉扇一扇，顿时狂风大作，暴雨倾盆，赭溪浪涛滚滚，杜知县和衙役们被风刮得东倒西歪，跌得鼻青脸肿，倒在水沟里，成了落汤鸡。不久，这贪官就因为名声太臭被撤了职。

济公又朝金木鱼一扇，说声“变”，木鱼越变越大，变成了一座扁圆的小山丘，后人就叫它“木鱼山”。那根木鱼柄呢？它随着溪水流到小西门外，济公朝它轻轻地吹了口气，就变成了一座石拱桥。因为济公俗姓李，老百姓就叫它“李济桥”。后来叫别了音，就成了现在的“利济桥”。

这个故事的名字叫《利济桥的传说》。“利济桥”在哪儿，故事中已经交代得很清楚。济公传说发源于浙江，说得更准确一点是发源于浙江省天台县。这是偶然的还是必然的？世界上没有绝对的偶然，也没有绝对的必然。不过，济公传说发源于天台山是有着天时地利人和等多种原因的。

天台佛地与济公故里

前文中，我们已经知道根据相关资料记载推知，传说中的济公实有其人。传说的情节可能和南朝的宝志和尚有点关系，但济公又确实是南宋时期出生在浙江天台县永宁村的一个真人。其实，济公出生在天台，济公传说首先盛行于浙江大地，还有一个更为令人信服、众所周知的理由，那就是浙江天台自古就是宗教活动兴盛之地。特别是佛教的禅宗文化，正是发源于曹溪并在浙江天台得到光大的。

浙江天台文化，以神秀的山水为依托，以宗教文化为特色，自唐宋盛行直到今天，并对日本和韩国文化产生了重大的

浙江天台山

影响。天台文化由以天台宗为代表的佛教文化，以南宗为代表的道教文化和以理学为代表的儒学文化以及民间文化等部分组成。前两者为宗教文化，后两者则带有强烈的宗法性和民俗性，以宗族文化为主体。早在公元3世纪，佛道文化就在古久、清秀、奇特、幽静的天台山滋生发展。汉代到魏晋，高道葛玄、名僧昙猷（yóu）先后来到天台卓庵开山。至南陈智𫖮（yǐ）创中国佛教天台宗，唐代司马承祯传正一教，创天台仙派，五代德韶阐扬禅宗，直到北宋人张伯端开创南宗，天台成为洞天福地，确立了“山水神秀，佛宗道源”的特色。1700

年来，“两宗”文化互相渗透，涵盖台州六县，创立了佛道共存、三教互融的文化格局，为人类文化做出了巨大而独特的贡献。

作为台州文化的重要组成部分，天台文化鼎盛于隋唐，可谓浙江隋唐文化（特别是宗教文化）的一个代表，在中国文化史上具有特殊的地位，一直影响到后代。另一方面，天台地处海滨山区，它的文化既有一定的封闭性，也有一定的开放性。在中外交往中，天台的佛教宗派（“天台宗”、“禅宗”）向日本、韩国及东南亚等国家和中国港澳台地区传播，天台山的文学艺术、科技医药，诸如造像工艺、茶叶种植技术和茶道等已经形成世界性的影响，“天台宗热”、“寒山热”和“济公热”在海外经久不衰就是最好的例子。这很好地证明了天台文化也是环太平洋文化的一个重要组成部分。

浙江历史上发达的佛教文化留下了许多的佛寺遗迹。台州有天台山国清寺，宁波有阿育王寺、天童寺、七塔寺；奉化有四明山雪窦寺，杭州有灵隐寺、净慈寺、虎跑寺等，寺庙林立，都是佛教有名的道场。本书的主人公道济禅师，俗称济颠或济公活佛，就是诞生于天台，出家于灵隐寺，长住于净慈寺，圆寂于虎跑寺的。他生前的遗迹，踏遍了台州、苏杭的山山水水。明清以后，济公传说的流传面愈加广泛，愈加深入人心，神奇色彩愈加强烈。

济公传说有着历史真实的社会背景和深厚的文化渊源，既是人民大众意志与愿望的反映，也是道济在天台等地真实生活经历的故事化描述。南宋禅宗高僧道济的历史故事，是济公传说最直接的来源。同时，济公传说还是天台山佛教文化的间接产物。天台山，南朝就是佛教的天台宗圣地，有着禅宗的重要道场万年寺。随着大乘佛教思想和佛教世俗化的发展，间接催生了济公传说。此外，济公传说还是当地民风民俗的产物。天台地处山区，邑民聚族而居，崇尚耕读，这里产生的学者因道义而著名，这里产生的志士因气节而著称。民风淳厚侠义，兼有北方人的刚勇粗犷与南方人的柔顺精细，有一股鲁迅先生所称道的“台州式硬气”。淳朴刚健的民风不但造就了济公好打抱不平的侠义好公性格，也成为济公传说产生、流传、发展的沃土。

天台石梁瀑布

济公本姓李，先祖原籍潞州上党（今山西长治）一带。其高祖为陇西元靖王李崇矩。北宋末年，宋室南迁，李遵勖（xù，音续）的第四代裔孙也在南迁之列，移居天台，居处为“永宁村”。宋初以来，李府一门高官迭出，不乏以文采超众、武艺不凡而位列朝臣的。据《宋史》载：李崇矩，历官枢密使、右千牛卫上将军；李继昌，官至左神武军大将军、正任刺史；李遵勖，宋真宗驸马，娶真宗妹万寿长公主，授左龙武将军、镇国军节度使；李端懿，任宁远军节度使；李端愿，太子太保；李端悫（què，音却），安德军留后；李评，成州团练史；李涓，知鄂州崇阳县；李茂春：济公之父，春坊善赞。从下表可以看得更加清楚：

姓名	生卒年	关系	官职
李崇矩	924－988 年	济公高祖	枢密使、右千牛卫上将军
李继昌	948－1019 年	李崇矩子	左神武军大将军、正任刺史
李遵勖	988－1038 年	李崇矩孙	宋真宗驸马，左龙武将军、镇国军节度使
李端懿	1023－1060 年	李遵勖长子	宁远军节度使
李端愿	？－1091 年	李遵勖次子	太子太保
李端悫	？－1092 年	李遵勖三子	安德军留后
李评	年五十二卒	李端愿子	成州团练使
李涓	1074－1126 年	李遵勖曾孙	知鄂州崇阳县
李茂春	生卒年不详	济公之父	春坊善赞

李氏家族一向有积善崇佛的家风，并以融会儒学、道家、佛教三教作为家学渊源。李崇矩、李遵勖、李端愿，都是禅宗

临济派居士。李遵勖还撰有禅宗名著《天圣广灯录》三十卷，由仁宗御书“天圣”二字并亲自作序。济公出生于天台永宁村李府，少年时成长在赭溪畔，后来读书于赤城山，十八岁时，皈依佛门。李氏家族走出一位世人皆知的济公“活佛”，并不是偶然的，是佛宗道源底蕴深厚的天台文化、李府集儒、道、释于一体的家族文化和天台山淳朴刚健的民情民风融会一起，才孕育了济公“活佛”，产生了不朽的济公文化。济公首先是人，不是生而得道者。但是济公传说中，济公的大知大觉和充满神奇浪漫色彩愈演愈烈愈生动的故事使济公逐渐被人们神化成为大慈大悲无所不能的“活佛”。

济公出世和济公生日

民间传说中的济公出世虽有不同版本，但以罗汉转世的传说流传最广。济公的出生不同凡响，罗汉投胎，难怪日后有异行。那么，罗汉是哪一天跑到李家的呢？也就是济公的生日是几月几日？他活了多少岁才离开人世呢？

关于济公的生卒年，由于历代信史缺乏确凿的记载，许多志书传记说法不一，大致列举如下：

（一）宋释居简《湖隐方圆叟舍利铭》记载，济公生年未载，于“宋宁宗嘉定二年五月十四死于净慈（寺）”；

（二）明代刊本《钱塘渔隐济颠师语录》作“宋光宗绍熙

《济公后传》

三年十二月初八日一更时分卒”；

（三）明代田汝成《西湖游览志余》卷十七称“年七十三岁，端坐而逝”；

（四）明末郭小亭《评演济公传》第一回说“建炎四年，改元绍兴，济公降生”；

（五）清初释大壑《净慈寺志》谓生于南宋绍兴十八年；

（六）释明复《中国佛学人名辞典》作 1140～1209 年，七十岁；

（七）陈玮君《济公外传》指出《净慈寺志》可能将济公出家这一年（十八岁）误定为出生年，否则为八十岁；

（八）僧人巨赞在《中国大百科全书·宗教卷》中作 1150～1209 年，六十岁。

综以上各家所说，济公的寿命有了以下六种说法：六十、六十二、七十、七十三、八十、八十一！这真正的成了“传说”了。但总体看来大致倾向于两种说法：一说是六十岁（即1148～1209年），另一说是七十九岁（即1130～1209年）。两种说法各有其缘由。文史的研究，是一个逐步深入的过程，各家之言，可以存疑，容许争议，这样才能逐步地向真理接近。

其中，道济可能生于宋高宗绍兴十八年（1148年），卒于宋宁宗嘉定二年（1209年），这一说法比较符合（或接近于）历史实际。其实，民间的济公传说本身并不关注济公出世和归西的具体时间，民众最为关注的是像济公这样的得道高僧，是如何轰轰烈烈地开始他的人间之旅的。人们自然希望济公传说有一个不同凡响的开篇。果然！济公的童年就显现出超人的佛性和能力。

童年传说与李氏故居

据天台济公研究专家裴菲先生《走出天台山的济公》一书记述，在济公的家乡天台，世代流传着许许多多关于童年济公的故事传说。但由于这些故事传说并不都为古时的说书人所知晓（因为济公一生大部分时间生活在临安，再说说书人也不一定是济公家乡人），所以除了济公出世一段外，其他大量的传说并没有被写进僧传、志书和《济公传》里，而是世代流传于

济公故居

天台以及杭州一带的民间。济公传说的发展经历了宋代以前的孕育准备期、南宋初年的萌芽形成期、明清以来的成熟发展期。早在南宋时期，天台就有许多关于他的灵异故事传播于街巷市井。

济公斗蟋蟀

据裴先生调查，现存于天台民间的济公传说有近百种。除了上文神奇的济公出世传说外，还有许多和济公身世有关的传说。如：《永宁村的传说》、《李氏陇西园的传说》等，讲述济公父辈的李氏家族从北方南迁，居住在天台城北永宁村，所建花园为"陇西园"，寄寓怀乡之情。济公祖辈礼佛，父辈念佛尤笃。这类传说往往称道济公的不凡身世，寓意日后必有大作为。这些传说以济公生平经历为主线，以惩恶扬善为中心，以风趣诙谐为基调，内容广泛涉及济公身世、童年生活、扶危济困、戏佞降魔、民俗风物等方面。

既然济公出生非凡，童年济公自然也有不凡的表现，这些传说与济公的出生地紧紧地连在一起。在济公故里天台，流传最广的是大量关于济公童年的传说。有《周岁乞巧》、《济公求学赤城山》、《拜师羞学台》、《修元出家》等。述说济公幼年聪颖，才思敏捷，攻读诗书，废寝忘食。少年济公在赭溪边捕鱼捉蟹斗蟋蟀；在山野间放歌牛背，捉迷藏，翻筋斗；去国清寺听经、礼佛；进赤城山瑞霞洞读经，手不释卷。这一类传说充满亦谐亦庄的童贞稚气。

芥菜叶泼水救净寺

修元九岁时，一天，他娘探望亲眷回来迟了，赶紧烧中饭，让济公到溪里洗芥菜。

他娘把锅灶烧得红彤彤的，单等芥菜落锅。汤烧滚了，菜还没拿回来。追到溪边一看，气煞了。你说为啥？原来济公站在溪中央，拿芥菜叶朝天一甩一甩的，一遍又一遍地高喊着："大家快来救火呵，临安净慈寺着火了！"

他娘走过去骂道："讨债鬼，我等芥菜落锅，你在这里倒好嘻！"济公说："妈，我没嘻，净慈寺真的着火了，你看，还冒青烟呢！我用水救灭的。"说着用手指着远处，比画着，他娘没看见，就说："还要强辩，等你爸回来，不打你才怪了！"

五天后，茂春从临安办事回来。他妻子把情况跟他说了。茂春说："这倒奇了，五天前净慈寺真的着火了，我还去过那里。听见有人喊，'勿得了，安养堂还有好几个老和尚没逃出来。'这时火着得猛，人根本没办法进去。正当大家束手无策时，从东南边飞过来一朵乌云，不一会儿，一阵大雨把火给浇熄了。雨里还夹带着几爿芥菜叶呢。"

李茂春这番话，听得济公娘呆了好久，才说："老爷，我们这囝不平常呢！"茂春接着说："这囝是罗汉投胎，大起来一定有本事。有本事格外要教，教得好，是条龙，教不好，就要变虫。"

从此，夫妻俩就把这件事放在心里，到处托人打听，后来终于找到一位饱学秀才，把济公教得很有学问。

和济公出世一样，传说中的童年济公常有非凡的神通显现。小济公净慈寺救火故事本身宣扬了济公天生的佛缘和他的非凡能耐。但济公父母明知孩子不平常，还是请来饱学之士精心教育，希望孩子将来有益于社会，成才成龙，则不能不使读者深深感动。也许济公童年就不同于凡人，但他的父母并未据以为本，而是让他接受了最好的中国传统文化知识教育，用传统文化的玉液琼浆来精心哺育这棵早慧的幼苗。

修元出家与道济迁寺

济公非凡的出生注定了他日后必定成为佛门中人。所以，当修元十八岁时，他丝毫不留恋尘世的生活。我们的文字还是从传说开始吧。

修元出家

天台县永宁村员外李茂春喜得贵子，国清寺方丈性空长老给取了个“修元”的名字。

日脚过得风快，一眨眼修元六岁了，长得眉清目秀、聪慧过人。这年，李员外请了位老秀才教他读书。别看修元年幼，默读十行，过目不忘。到十四岁，四书五经、诸子百家已背得滚瓜烂熟，字墨书画、诗词赋曲也颇精通，竟得了个“小李杜”的美称。

李员外眼看修元日渐成长，心头喜滋滋的。一天，和妻子王氏商量，趁现在身体硬朗，给修元找个合适的人儿，以了了做父母的一桩心事。王氏早已有意娶侄女秀莲为媳，只是员外未提此事，不便启口。现在机会来了，便将侄女端了出来。李员外连声称好，唤人将内弟王安士请上门。

王秀莲是个独养千金，比表哥修元小两岁，有闭月羞花之容，沉鱼落雁之貌。和修元可说是天生一对，地凑一双。

王安士来到姐夫家，听姐姐把心愿一说，正合己意，满口应允。当下，李员外与王安士就为修元和秀莲商定了婚事。

后来，李员外一病不起，自知无力回天，差人把内弟请来，嘱托说："贤弟，看来我将不久于人世，你外甥和你姐姐要你照料，修元和秀莲的婚事就交由你操办了……"说毕，与世长辞了。

李父托孤

不到半年，王氏也跟着离开了人世。修元恸哭一番，由舅舅帮助料理丧事，自此，在家守孝，闭门读书。三年后，修元守孝满服了。王安士自姐丈和姐姐去世后，心头一直系着修元和秀莲的事儿，于是就着手操办起婚事来，巴望他俩早日成亲。

李员外和王氏在世时，未曾对修元说过此事，老两口怕儿子晓得后散了心，误了读书的大事。直到择定完婚的吉日良辰，红纸对联贴满门窗柱子，大红灯笼高高挂起，整个院子鼓乐齐鸣，炮仗劈啪，一顶八抬大轿抬着新娘进来，王安士才将事情一五一十地告诉修元。修元听完惊呆了，心想：表妹的人品才貌虽然出众，可自己是罗汉投生，一身佛骨，怎能有这档事情！

这时，来李府贺喜的人络绎不绝，大家都祝福新郎新娘婚姻美满，白头偕老。没料到，正当要举行交拜仪式时，新郎突然不见了。急得众人四处寻找，难觅影踪。

其实，修元出家了。

修元出家了，人世间少了一个神童修元，佛门中却多了一个信徒道济。但出家后的修元并没有在一个寺庙一直待下去，而是前后换了三座寺庙。这又是为什么呢？

来去国清寺

修元在自己新婚大喜的日子却逃到国清寺出家当了和尚。据说，那天他走到性空长老面前，双膝跪地，顶礼膜拜，请求留在寺内为僧。方丈早已掐算过，知道修元不是凡人，也就乐意收纳为徒了。

谁知寺内有个智清和尚，平日颇受性空长老器重。只因修元来寺后，用心精研佛经，深得性空长老赏识，智清不禁产生了妒忌之心，生怕日脚长久了，长老信任修元，冷落自己，就想方设法暗算起修元来。智清知道修元是逃婚出家的，就想借口修元六根不净，给他来个下马威。于是搬弄是非，鼓动众僧要修元在大雄宝殿前，从一条矮凳下面来来回回爬六次。说什么钻了矮凳，能“脱胎换骨”、“六根清净”，才可以皈依佛门。修元识破这是智清的诡计，说什么也不肯钻。这出闹剧让方丈给制止了。

国清寺

修元深感智清容不得自己，又不便向性空长老说，为了免得今后给性空长老增添麻烦，就婉言向性空长老告辞。性空十分疼爱修元，再三挽留，无奈修元去意已决，只好写封书信，推荐他去杭州灵隐寺，让他做当过国清寺住持的慧远长老（瞎堂）的徒弟。

当天，智清在厨房的板壁上发现修元留下的一首诗：

莫说世间处事难，含羞去罢国清还。

我本佛门一分子，却被他人当笑谈。

智清和尚看后，脸上不禁一阵一阵的火辣辣起来，他懊悔不该那么对待修元。

净慈寺

济公没有在国清寺受具足戒而离开天台山，改投灵隐寺，除了传说的受同侪排挤这个外部原因，恐怕还有内在原因。据《走出天台山的济公》一书分析大概有如下几方面：

一是国清寺离修元的家实在太近，很难在此静修。修元离家，遁入空门，亲友时去规劝，亦是人之常情；寺即在家山，近在咫尺，睹物思故，干扰心志，总不是很适宜，所以，还不如索性远一点，以隔绝尘缘。

二是济公得到了高僧慧远已到灵隐寺的消息。瞎堂慧远曾在天台国清寺住过一段时间，与李家交情深厚。这次他到灵隐寺担当方丈，确实让道济喜出望外，因此，他走出天台山前往临安拜投故交名师，应该是顺理成章的事情。

李修元出生在一个黑暗昏庸的时代。南宋王朝外不能御敌守土，对内不能治世济民。他父亲李茂春曾在朝中做过文官，虽然清廉勤政、正直无私，但到头来还是落得个被群奸排挤，弃官归田的结局。少年济公成长在赭溪畔，读书于赤城山。李

赤城山

修元在赤城山读书时曾写了一首诗："利锁名缰全解去，欲把贪官恶霸除。一点禅灯云雾里，三更孤影读诗书。"写明了他勤奋读书不是为了功名利禄而是为了除恶扬善、救民于水火的心情。由于受天台山"佛宗道源"和李府世代积善信佛的家族文化的熏陶，潜移默化，萌生了方外之念。弱冠之年，皈依佛门，先入国清寺。但济公的修行之路并不平坦，他先后在几个佛寺停留过。由国清寺——灵隐寺——净慈寺——虎跑寺，说明济公的特立独行显然不容于寺规僧众。后来到临安（今杭州）投奔灵隐寺瞎堂慧远，这位"佛海禅师"为济公授具足戒。但济公出家后，一反常态，言行叵测，难耐坐禅，不喜念经，嗜好酒肉，衣衫褴褛，浮沉市井，常行救死扶弱之事，状类疯狂，人们称他为"济颠僧"。在一般僧俗眼里，道济的言行出格，被认为不是正常的人。所以有的僧人向方丈告状，说道济违反禅门戒规，应责打并逐出山门。谁知，方丈慧远说道："法律之设原为常人，岂可一概而施！"意思是佛法规矩本来是对一般人而言的，哪里能对所有人都施行。慧远甚至在寺僧呈上的状纸上做了批语，带着几分义愤写下了"佛门如此广大，难道就容不了一个颠僧?!"方丈的威仪暂时保护了道济，寺僧以后再不敢辱骂和驱逐道济了。但是瞎堂圆寂以后，道济又去净慈寺投德辉长老，后来做了书记僧。这其中又有什么样的因由，就只能靠读者去想象和推测了。

济公的人生从浙江天台开始，所以济公传说从天台发源，随着济公的足迹又从天台到了杭州一带。天台的济公传说多是关于童年济公的，主人公多为"修元"；走出天台山的济公，有了法名道济，民间更愿意称道济为"济公"或者"活佛"，从此济公的传说就一发不可收拾了。关于济公传说，20 世纪 80 年代编印中国民间文学集成时，就曾经有专人调查搜集整理过。尽管如此，天台——这个济公文化真正的发源地，并没有引起人们足够的重视。而天台文化是我们认识济公、读懂济公、研究济公根本无法忽略的，因此，关于天台、关于济公家世等内容，本书编者用了较多的笔墨。

第三章

济公传说说的是什么

济公八百年前已经作古，但众多的济公传说却不胫而走，经久不衰，愈传愈盛。那么，济公传说到底要告诉世人什么，要向后人传达什么样的信息呢？济公传说的主题又是什么呢？事实上，不管是童年还是成年，也不论是居家还是出家，更别说是修元还是道济，有关济公的传说主题远不止一个，而且济公传说的主题至今还在不断演化、发展。

扶危济困主题

这个主题在济公传说中是最为常见的，且数量众多。这类传说多是述说济公扶持弱小、帮助穷人，如《芥菜叶泼水救净寺》、《蟋蟀还魂救小僧》、《竹篮打水》、《变牛谢老农》、《济公救少女》、《猪掉粪池》等。济公帮小长工设下计策，淹死恶棍殷司的母猪；为许得宝追讨工钱，打赢官司；替杨小牛献策，使恶棍出尽洋相；给不堪忍受后娘打骂欺凌的小女孩出谋，使后娘改变态度。乐于助人、专门利人的精神在这类传说中得到了充分的体现。

“石墙头”的故事

早先，赭溪上有一座水磨房，磨房附近的地方被人们称为“石墙头”。在这里，有一个与小济公有关的民间传说。

有一年,修元的父亲李茂春五十寿诞。按天台的风俗，人逢五十是很重要的寿庆，所有亲朋好友及左邻右舍，到时都要来祝贺拜寿，来拜寿的人都要吃主人的长寿面。李茂春人缘好，客人也就多，客人多的话，做长寿面所需的面粉也就要备的多。为此，李家专门安排了一个名叫石蔷的帮工，提前几天到磨坊去磨面粉。

今日石墙头

石蔷在磨坊一个人推着百十来斤重的磨盘，不停地转啊转，磨了两天两夜，干得腰腿酸痛，但由于要磨的面粉太多，活儿还是没有干完。

第三天，修元玩耍玩到了磨坊，看见石蔷一个人在吃力地干活，就上去帮石蔷一道推磨，个子太矮就踮着脚。石蔷一看，心里急了，李家的公子哥怎好来帮自己干这种粗活？石蔷叫修元别帮，修元不肯歇手。石蔷没有办法，就边装哭边说："李公子，请别再这样了，否则要砸了我的饭碗的呀！"修元听石蔷这样说，就只好停下手来。

出了磨坊，修元心里闷闷不乐，一个人呆呆地坐在赭溪边上，看着倒映在水中的白云，边戏水边想着心事：乡亲们一年到头捣米磨粉都靠人力，实在是太辛苦了，能不能想个办法使乡亲们既省时又省力呢？想着想着，忽然他灵机一动：眼前这条赭溪一年到头白白地流淌着，不是可以将它们利用起来吗？造一座水磨坊，那乡亲们不就可以受益了。于是修元飞快地跑进磨坊，高兴地将自己的想法对石蔷说了。石蔷说公子的想法好是好，但造一座水磨坊要好多钱，叫谁出呀。修元说："没事，我有办法。"

修元一路跑回家，对李茂春说："父亲，您五十大寿，听说乡亲们都要来向您祝贺，到时我们拿什么来致谢呀？"李茂春说："我们请乡亲们吃长寿面啊！"修元说："父亲，除了请乡亲吃长寿面，我还有一个更好的致谢办法。"于是，修元就将自己的想法一五一十地说给父亲听。李茂春听后非常高兴："难得我儿有这份善心，那就在赭溪上造一座水磨坊，钱由我们家出了！你有这份心思，这事就由你去操办吧。"

不久，赭溪上就多了一座水磨坊。永宁村的老老少少都跑来看，看见修元和石蔷在磨坊里，大家问起缘由，石蔷就把事情的经过说了，并说修元要他今后在这里管磨坊，大家今后要捣米磨粉尽管到这里来。大家听了非常高兴，说要给水磨坊起个名，就叫"修元磨坊"吧。修元说，用我的名字不好，磨坊是石蔷在管，应该叫"石蔷磨坊"。从此，这座磨坊乡亲们一直使用，不知过了多少年，这附近的地名也被称为"石墙头"了。

修元赭溪打鬼救童

清清的赭溪水，源自天台山，出了国清岙，蜿蜒流经永宁村口，擦过城西汇入始丰溪。在永宁村这一段，溪床跌宕，形成了几处碧潭，这也是儿时济公游泳玩耍的好去处。

有一天下午，修元又与村里的小伙伴们来到溪里一个最深最险的潭里游泳。这个潭被村民称为"棺材岩坑"，说这潭中经常有水鬼出没，可修元就是不信这个邪。

修元与小伙伴们在潭里游啊玩啊，好不惬意！

可没过多久，修元却发现身边的小伙伴们一个一个地不见了。

修元想，这一定是乡亲们所说的那潭里的水鬼在作怪，我不能坐视不管。于是，他就一个“水底钻”，扎进了潭底。修元本是罗汉投胎之身，那水鬼见了修元哪有不怕之理，就赶紧丢了村童在潭底躲起来了。修元在潭底摸啊找啊，终于将小伙伴一个一个地从潭底救上岸来。

上岸后的修元心里是又急又气。他想，这样下去不行！这水鬼有了今天就还会有下次的，如果我不与伙伴们在一起游泳，那不就糟了！一定要除去这个水鬼，保小伙伴们的平安。

于是，他就又“砰”的一声，扎进了深潭。村里的大人们听说孩子出事了，都赶到溪边来。被救上岸的孩子们就将刚才修元救人的事向大人们说了，大人问，修元呢？孩子说他还在潭里，好长时间仍不见人影。

大人们听说后，非常着急，有的就赶紧下水，有的就飞奔李家告讯。

待修元母亲王夫人赶到潭边，只见修元已笑嘻嘻地从潭底里钻了上来，嘴里还叫着：“没事了！没事了！”

大家赶快将修元拉上岸来，问起情由。修元说：“我下到潭底，已将那水鬼责打并赶回到阎王那里去了，以后这条赭溪就会太平了。”

这一类传说虽是说济公童年时代的事情，却显示了济公自小即拥有一颗同情弱者、亲近穷苦人民的高尚纯洁之心。这既是以后济公出家的根本，也是济公精神中的一个重要内容。

戏侫降魔主题

这类传说主要颂扬济公疾恶如仇、惩恶扬善的品格。同样数量最多，影响极大，并被不断演化、流传。如《济公惩恶棍》、《掷刀戏秦桧》、《该当何罪》、《智斗恶嫂》、《牛角喷火》、《棒打寿联飞》、《掉木鱼柄》、《难题规劝不肖徒》、《三难吹牛大王》、《智擒盗宝贼》等。《掉木鱼柄》讲述天台杜知县贪婪成性，抢走国清寺宝物，被济公用芭蕉扇扇进赭溪，丢官还宝的故事。还有一些传说讲述济公棒打寿联飞、惩罚恶知县、智救朱寡妇等教训地痞恶棍、识破盗贼、砸碎挂羊头卖狗肉招牌的故事。通过一个个救民困苦、伸张正义的济公传说，表达了老百姓对济公侠行义举的高度褒扬，寄托了他们美好的愿望。

《大闹秦相府》

济公的传说随着济公的仙踪四处游走而到处流传。济公从国清寺来到灵隐寺，传说也随之而至，民间还流传着《济公扫秦桧》和《大闹秦相府》的故事。

话说秦桧到灵隐寺参拜，济公拿着一把扫帚和一根吹火筒，也跟着众人到山门迎接。秦桧对他手里这两样东西感到好奇，便询问是何用途。济公回答说：“我拿着这扫帚，在佛殿上扫除灰尘，在金銮殿上扫除佞臣。而这吹火筒呢，两头通，私通番邦，对着一吹，狼烟四起。”秦桧听了面露不悦，旁边的僧人只得赶紧圆场说：“他是个疯和尚，别见怪。”

《大闹秦相府》的传说描写了南宋朝廷秦丞相为建相府花园阁天楼，派恶奴到灵隐寺强行拆毁大悲楼，其子秦怛（dá，音达）又为非作歹，强占良家之妇。济颠和尚不畏权贵，怒斥丞相，制止拆楼，并施法惩治了秦怛，保护了良家妇女。

秦桧陷害爱国将领岳飞，让国家受尽屈辱，无论这类故事真实与否，它都传神地写出了济公不畏佞臣权势的机智，令人痛快！济公传说中，有许多叙述济公戏弄纨绔弟子，奸佞恶棍受到惩罚的故事。济公主张“诛恶即是善念”，敢于破佛门杀戒，伸张正义于天地间。济公戏秦桧以及打闹秦相府的故事传说在民间流传很广。也许从历史角度推敲，故事年代有失实的地方，但宋高宗时期，秦桧是权倾朝纲的一代大奸臣，济公不畏强暴、蔑视权贵的人格特征，正好契合了人民大众惩治奸佞的愿望，所以，人们就将济公惩恶的行为集中到一个邪恶的代表人物——秦桧的身上去了。这也正是民间传说作为一种文学体裁的艺术真实性所在。

棒打寿联飞

这年，天台的知县老爷要做五十大寿，土豪劣绅纷纷送礼。老百姓肚子都填不饱，没有一个人送。知县很恼火，就在百姓头上加了税。济公闻讯，写了副对联，包在绸缎里送去。知县以为是寿联，就让济公当场高声读起来：

大老爷做生日，银也要，金也要，珠宝也要，红白一把抓，不分南北；

小的们真该死，麦没收，谷没收，豆儿没收，青黄两不接，送啥东西？

县官一听，气得差点昏过去，喝令衙役重打济公五十棍。衙役扭住济公大打出手。这时，怪事来了。只见衙役每打一记，从济公身上飞出一副对联，越打，寿联越多。衙役只怕敲少了，知县要责怪，宁可多敲。于是，寿联就像蝴蝶一样翩翩飞舞，飞出了县堂，老百姓见了，可高兴啦，晓得济公为他们出气了。

寿联飞个没完，知县气煞了，以为是衙役捣鬼，就走下堂亲自动手打。济公取出破扇，扇了三下，刹那间天昏地转，大风刮起来，把知县刮上半天，跌成了肉酱。

济公斗蟋蟀

传说南宋绍兴年间，当朝丞相之子罗勋横行不法，欺压百姓。善良木匠张煜不慎放走了他的蟋蟀，罗勋便令恶奴将张煜毒打成伤，逼其走上绝路。杭州灵隐寺济颠和尚嫉恶如仇，仗义救护张煜。他施展法术，用蟋蟀斗败公鸡，使罗勋买下他的蟋蟀，免了对张煜的索赔。贪心的罗勋利令智昏，为了寻回逃走的蟋蟀，拆墙毁屋，最后落得压成肉泥的下场。故事揭露了封建权贵的荒唐和残暴，歌颂了济公济困扶危、除暴安良的可贵品质。

《济公斗蟋蟀》

《济公斗蟋蟀》还以单行本的形式出版过。清代郭小亭所著《济公全传》，写南宋时济颠扶危济困、嘲弄官府的故事，很受民间欢迎。《济公斗蟋蟀》主要根据《济公全传》第二百二十七、二百四十一等回目编成。这个故事本来也是济公传说中比较有趣的部分。南宋是“斗蟋蟀”风行之际，产生了济公斗蟋蟀这一出喜剧。传说没有着重渲染济公的广大神通，也没有刻意描摹“斗蟋蟀”的精彩场面，而是特意描写了罗公子在“斗蟋蟀”的游戏中，不但视“斗蟋蟀”为取乐的手段，而且把这种游戏变成了一种坑害张煜一类小人物的因由。他不但将不小心弄丢蟋蟀的张煜暴打一顿，还索要一千两银子，逼得张煜走投无路。这时济公适时地出现了，他拿捏住罗勋爱玩蟋蟀的弱点，不但轻松地化解了张煜的难题，还让罗勋自陷罗网。特别是在故事的最后，卖给罗勋的蟋蟀“金头大王”到处乱跑，引得罗公子一伙拆了东屋、拆西屋，最终使他财物两失、败家得病。

济颠匿池

这一年，杭州出现了“虎跑泉”。那泉水清碧晶莹，尝起来无比甘美，可说是天下少有的哩！老虎跑来用爪子刨地竟刨出这样好的一潭水，成了奇闻。人们越讲越神奇，不久连朝廷也知道了。皇帝说，这是天降祥瑞啊！于是派人到那儿兴建了一座山寺，就叫“虎跑寺”。

虎跑寺有前大殿，后大殿，两旁还有偏殿。“虎跑泉”就坐落在左偏殿前面。正殿前方的山门内，有两口荷花池。荷花池蓄满清清的泉水，就像老虎的两只吊睛大眼，闪闪发光。池周围经过工匠们的精雕细琢，气势也更加雄壮。虎跑寺落成那天，男女老少一群进，一群出，人多极了。济颠和尚摇着破蒲扇，也来赶热闹。

这一天，有财有势的香客纷纷到荷花池来放生。恶人发善心，装得倒蛮像。一时间，荷花池旁围满了人。开头放生的是巡抚夫人，她把一条金鲤鱼放下池去，只听“唰”的一声响，金鲤鱼打了一个旋儿，尾巴一摇，钻进水底；接着是知府的小姐放下一只大鳖，那只鳖在水面上打几个圈子，一转身，便贴水“沓沓沓”游过去，躲到荷叶下边去了……就这样，一条接一条，一只接一只，一放放下去三四十样东西。看的人都哄笑叫喊，放生的人也得意扬扬。

这时，一个老婆婆手里拎着一只篮子，盛着半篮螺蛳，路过虎跑寺，听到里面的喧哗声，就进去看看。可是人太多了，东轧轧，轧不进；西挤挤，挤不进。一班游手好闲的公子哥儿，见一个衣衫褴褛的穷婆子在挤来轧去，都嚷起来。有的说：“喂喂喂，这里是放生池知道吗？你不要走错了路！”有的说：“你这鱼不鱼、蟹不蟹的东西来放生，用不着！赶快给我拎回去！”有一个走上来，一伸手把老婆婆篮里的螺蛳捞出两个，眯起眼睛仔细看了看，哈，是夹掉尾巴的螺蛳啊！马上编出顺口溜唱起来：“稀奇稀奇真稀奇，螺蛳有头没有尾，这种东西好放生？瓦片石子多着呢！”老婆婆一见这样，气愤地说：“我又不是来放生的！不过你们也太不讲理，好像这荷花池只有富人放得，穷人就放不得！”那几个公子哥儿一听，就跳起来，骂道：“讨饭婆就是不配在荷花池里放生！”其中一个人一把夺走老婆婆的篮子，要把篮里的螺蛳倒掉踏碎。这时，突然圈子外面有人大声叫喊起来：“莫要欺侮人！”人们一看，呀，济颠和尚来了。只见他挤到抢夺篮子的那人身旁，用破扇轻轻一隔，隔开那人的手，一手护住老婆婆，一手扬扬破扇说：“喂！你们要什么威风？荷花池是放生的，不是比富的！若是为了比富，还要这荷花池何用？老婆婆没有说错，你们就是爱富欺贫，没事寻事。哼，大概有人觉得太冷清了，要寻热闹的就跟我济颠来吧!”公子哥儿们听济颠大声大气地斥责自己，很不乐意，便围了上来。为首的一个冲着济颠道:“疯和尚，今天虎跑寺开光，有热闹我们哥几个为什么不寻?要你来疯什么!”另一个拨拨济颠的破扇边儿，也搭上来说:“济颠呀，听说你这东西有点小法术儿，不知是真是假。”“假的怎样?真的又怎样?”为首的那个又道:“真的也就罢了!假的嘛——哼，今天我们哥弟都在这里，你可要有热闹好看的啦!”济颠“嗤”的一声笑，说道:“不过我劝你们还是规矩点，千万莫碰我这把破扇子，它是不生眼睛的!要看热闹容易，今天趁虎跑寺开光，喏，我的法术就要在荷花池见分晓了!”说完，济颠就用破扇指指荷花池，念道:“一会儿来，一会儿往;一会儿满，一会儿荒，世态本无常。说什么，螺儿瘦来鱼儿胖，说什么，尾巴短来尾巴长。不须叫，不须嚷，荷花池不当势利场!莫道今朝风光，且看来日清爽——笑你空忙!”念毕，马上转过头对老婆婆说:“阿婆阿婆，这荷花池已混浊不堪，还不如没有的好，你的半篮螺蛳，我替你找个干净的地方去。”不容分说，一把夺过篮子，拉着老婆婆就跑。许多在荷花池旁边看热闹的人，觉得济颠这和尚很有趣，便跟了去看看他到底要把螺蛳放到哪里。公子哥儿们不肯罢休，一声呼唤，都跟在后面。济颠拉着老婆婆奔出山门，来到山脚下的小水沟边，站住了。人们都围拢过来。只见济颠拿起篮子，把篮子里的螺蛳簸了几簸，“刷拉”一声响，统统倒进小水沟里去了。济颠把篮子还给老婆婆，笑道“阿婆阿婆，螺蛳倒在这沟里不会错！你是好心人，不要去理睬那班装腔作势的人吧！”公子哥儿们听听像又是在骂他们，都火了起来，捋捋袖子要上去缠住济颠。却见济颠跃到沟边一块岩石上，将手里的破扇，向山门那边一招，叫声：“落，落，落！”大家都不明不白，正糊涂着呢，忽听荷花池那边有人喊起来：“哎呀呀！不好啦，不好啦，荷花池水缺掉一半！……”这时济颠又转过头来，把破扇向小水沟一招，叫声：“涨，涨，涨！”霎时间，小水沟的水便涨起了一半。大家见到济颠竟有这样大的本领，惊异极啦！那一班来寻事的公子哥儿，这才知道济颠的厉害，吐吐舌头，一个个闷声不响地溜掉了。

打从这天起，虎跑寺荷花池里的水越来越少，到后来，只留下浅浅的一点点儿。那些富贵人家放下去的鱼鳖都养不活，从此也就没有人来放生了。而那山脚下小水沟里的水，流呀流，流呀流，水声淙淙，终年不停。

直到现在，在虎跑寺前那条小涧里，人们还能找得到许多没有尾巴的螺蛳。相传这就是当年济颠倒在小涧里的螺蛳，一代一代活下来的哩。

虎跑寺是济公人生的终点。但虎跑泉的传说却充分反映了济公路见不平、锄强扶弱的侠士品格。和佛家持戒的严谨修行相比，济公行迹如此特异，反倒有几分道家无牵无挂的逍遥自在。也恰恰正是因为有了这份独特的色彩，留给后人无限想象的空间，造就了历史上的济公传说如云、奇迹不断的一生。历史上有关济公的这些虚构夸张，不乏生动有趣的传说，几乎家喻户晓，耳熟能详。或许这些传说有太多的传奇色彩，因而导致有人以为济公仅是个历史传说人物，忽略了他的真实性，其实历史上不仅确有济公其人，而且在杭州的虎跑寺还曾留下过有关济公的文物遗迹——济公塔及济公塔院。有关济公的葬地，梁同书所持的在虎跑寺南山的说法应该是可信的。因虎跑寺离净慈寺很近，历史上的虎跑曾经是杭州古代重要的佛教寺院之一，它最早创建于唐元和年间，因开山祖师“梦虎得泉”而著名。至于济公圆寂后之所以葬于虎跑，梁同书碑文中明确认定是因为“南山定慧禅寺，和尚荼毗所也”，（“荼毗”指僧人死后火化）且“即藏骨于其（定慧寺）西，为堵坡”（堵坡为梵文音译，也有称翠堵坡，我国诗文称做浮屠或塔陀，指僧人死后所建之塔）。另外，在《净慈寺志》卷十中也记载道济圆寂于（宁宗）嘉定二年（1209 年）五月十六日，“荼毗，舍利如雨，葬虎跑塔中”。[①] 与梁同书碑中所记是相吻合的。

济公的侠义精神是济公故事中一直歌颂的主题。锄强扶弱的故事在济公传说中比比皆是，简录几则如下：

《巧断垂金扇》，讲述南宋绍兴年间，兵部尚书之子卞虎仗势欺压百姓，无恶不作。他为了霸占李文龙之妻郑氏，与马氏等设计在郑氏箱中投下垂金扇，离间李文龙夫妻。济公仗义帮

① 杭州园林文物局编，《西湖志》卷九，上海古籍出版社 1995 年。

助萧山知县张甲三巧断垂金扇一案，使李文龙夫妻团圆。故事歌颂了济公嫉恶如仇、扶弱凌强、好问人间不平事的可贵品质。

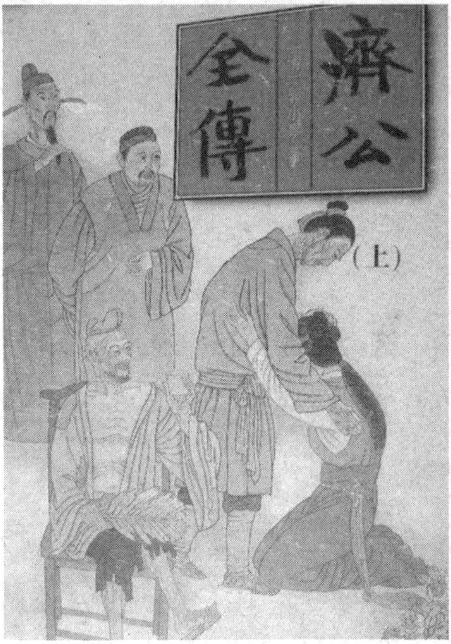

《济公全传》

《醉打万珍楼》叙述济公和他的徒弟郑雄惩治恶霸、除暴安良的故事。在这个故事里，济颠和尚施法，让恶霸孙泰来自己招供，让恶奴自相揭发，让坏蛋们自己动手砸掉一切不义之财，让受骗的人翻然悔悟。济公给饱受欺侮的周得山一家申了冤报了仇。

《计惩花太岁》故事发生在南宋绍兴年间。权贵秦丞相之内弟王胜仙，官为大理寺正卿，却是强掠民女、无恶不作的大恶霸。他勾结京营殿帅陆炳文，设冤狱坑害无辜，使计谋夺人妻妹。济公仗义救护窦永衡夫妇和梅成玉兄妹，给作恶多端的王胜仙和陆炳文应有的惩罚。故事富有神话色彩，是一部具有一定思想深度的艺术作品。

《怒打铁面佛》是一篇充满神话色彩的济公故事传说。故事写开化县铁佛寺恶僧姜天瑞勾结蟒精，兴妖作法，使开化乡民遍患臌（gǔ，音鼓）症。济公闻悉，赶往开化，怒打铁佛，斩了蟒精，烧死恶僧，为地方除了祸害。

民俗风物主题

这类主题的传说有助于人们探究与济公有关的地名和物名的来历，解释与济公有关的民俗事象的起源。这类传说有《利济桥的传说》、《书记岩的传说》、《济公帽的来历》、《破芭蕉扇和破蒲鞋》、《破铜钿》、《“游走”的来历》、《“卷饼筒”的来历》、《五味粥》等。《济公帽的来历》讲述了济公喜欢斗蟋蟀，衍生了《“游走”的来历》；济公首创的“卷饼筒”，已成为天台最具特色的风味小吃；与济公故事有关的天台风味食品五味粥，成为天台人春节早餐必用的美味佳肴，寄寓五谷丰登之意。发生在杭州等地的还有《飞来峰》、《运木古井》等传说。

济公特殊的前世因缘使得他从出家开始，就不断有侠行义举。而济公超凡的法力离不开他拥有的特殊法宝。民间传说中将这些功能特异的神物归结于佛祖的赐予。这既符合济公的佛徒身份，也彰显了佛教辅助人类的无边法力。

破芭蕉扇和破蒲鞋

这年，天台收成好。老百姓都说全仗菩萨保佑，就成群结队到国清寺做佛事。

修元也来赶热闹了，突然听见前面“哗啦”一声响，只见一位老太婆被人群推倒，撞翻了路边的小食摊。摊主火了，揪住老太婆，举手要打。“慢！你怎么可以这样对待老人?”修元伸手拦住。摊主见他一副公子模样，便说：“只要她拿出二两银子来赔，我就算了。”修元往袋里一摸，空空的，就脱下身上的长衫来抵押。摊主笑得眼睛像条虾皮：这件衣裳可比自己的小摊贵上十倍，赶紧接过，飞快跑了。

修元扶起老太太，拍干净她身上的灰泥，问：“老婆婆，您往哪儿去，我送你回家。”谁知老太婆看了他一眼，头也不回地走了。路人都责怪这老太婆，人家救了你，也不道谢。

一天晚上，修元正在床上看书。忽然，门“咿呀”一声开了，进来一位老太婆，就是上次国清寺遇到的那位。他感到奇怪，半个月前，她和自己没说一句话，怎么知道我家呢?

老太婆开口了：“小官人，你不必猜疑，我与你在国清寺见过面。你救了我，今天是特来道谢的!”修元忙问：“你到底是什么人?”“我是南海普陀山杏花村的，来国清寺朝拜佛祖，碰上倒霉事，亏你解了围。我没有重礼相谢，只好把祖上留下的一把破扇和一双破蒲鞋给你，请勿见笑。”说完，眨眼就不见了。

修元看这扇和鞋，又破又旧，咋用啊？转而一想，既然是人家诚心相送，就得好好保管，拿了块绸缎包裹起来。

忽然，耳边响起了老太婆的声音："公子，你要是看得起我，就别让它躺着吧！"修元赶忙拿出来一看，是一把圆圆的好扇，写着"适四时，唤风雨"六个字。可手一放开，又变成了破扇。再拾起鞋，嘻，崭新的，光亮亮，鞋底上一只写着"行万里"，一只写着"走天下"。他搓搓眼，又变成老样子。

修元把破蒲鞋一穿，全身暖烘烘的，把破芭蕉扇一摇，面前热乎乎的。他高兴极了，穿着破蒲鞋摇着破芭蕉扇疯疯癫癫地出门了，连自己穿的是单衣也忘了。村里人都说李家公子癫了，从此后就喊他"济癫"。

原来，那位老太婆是观音菩萨变的。自从国清寺降龙罗汉投胎凡间以来，已经十多年了。她特意来试试济公的善心，演了一场"戏"。济公扶贫救苦，让她放心了，就把呼风唤雨扇和飞行万里的宝鞋送给他，让他替大家行善。

天台有一种药草，叫做"落地金钱"，民间传说与济公有关。

落地金钱草

南宋天台城里有个周员外，富得流油，却刻薄得出奇，一贯看不起穷人。一年，他的独养千金得了"大头颈"的毛病，吞咽困难，动弹不得。周员外急得乱跳，听师爷讲永宁村李府李公子有治病秘方，连忙派人去请。

修元早就听说周员外是个头上生疮脚底流脓的坏家伙，决定趁这个机会教训他一顿。进了周家，一看千金，故意叹口气，摇摇头，说："不是小病啊，至少得花千贯铜钱才医得断根，不知员外舍得不舍得？"员外听说要这么多钱，简直是用刀子捅他的心窝，但咋说还是掌上明珠的性命要紧，咬咬牙答应了。

修元来到自己的菜园，拔了一把茎细长、叶绿、花红的草，放上一把盐，捣得烂碎，取了汁液给周员外家送去。每治一次，都要周员外付一笔铜钱。不出半月就将周员外千金的病治好了，因此，修元从周员外家得到了一大笔钱，每逢县城市日，就把得来的铜钱分送给赶集的穷苦人。

周小姐的病好了。可黑心的周员外却认为修元有意敲诈他，于是找师爷商议，想要拿回这笔钱。那知修元早就料到这一着，钱随拿随送给穷人，送完了，自己又上赤城山去了。

后来，人们便把这种茎细长、叶绿、花红的药草，取名叫"落地金钱"草。

西子湖畔有座飞来峰，民间传说也和济公有关。

杭州灵隐寺有个济公和尚，神机妙算，法力无边。这天，他远远看见天空飘来一团黑黑的东西，再仔细一看，不好！是一座小山峰！这小山峰马上就要落到灵隐寺前的村子里了，如果不快点让村民们搬走，那会砸死多少人哪！可是济公东家进西家出，嘴皮子都快磨破了，还是没有人肯听他的：小山峰？哪有什么小山峰？搬家？往哪儿搬？人们都嘻嘻哈哈地笑济公

飞来峰

是个疯和尚。济公急得满头大汗，忽然瞥见村里有户人家正在接新娘，他灵机一动，冲过去，抢了新娘子往背上一背，撒腿就跑。

“不好了！疯和尚抢新娘子了！”

这一下，轰动了全村，男女老少都一齐冲出来，追着济公要讨回新娘子。济公疯疯癫癫地跑啊跑啊，终于把全村人都引得远远的。刚停下脚，就听见“轰隆”一声巨响，小山峰已经落了下来，将整个村子都压在了下面。村民们这才恍然大悟：是济公救了我们的命啊！从此，这座山峰就在灵隐寺前安了家。因为它是飞来的，人们就将它称为“飞来峰”。

神通显现主题

济公是否具有神通？虽然相关资料无明确记载，但在民间传说中济公不仅有法力，而且神通广大。写于济公同一时代，文辞比较隐讳的《湖隐方圆叟舍利铭》的字里行间其实也体现了济公异于常人的超越之处；济公的诗文中虽没有表明自己具有神通，但是其中反映出来的思想却体现了他深邃的内证境界。

火烧净慈寺

传说阴历六月廿三是火神的生日。

这一年六月廿三，是一个赤日炎炎的大热天，可是到南屏山净慈寺来烧香拜佛的人却比往常还要多。大家烧香磕头，求火神不要降火灾，保佑大家四季平安。到快吃午饭的光景，净慈寺山门外来了一个年轻漂亮的姑娘。这姑娘穿一身红绸衣裙，手撑一把小阳伞，一双乌溜溜的眼睛东张西望，慌里慌张的，就像有人在后边追她似的。

《重修净慈寺》

这时，济颠和尚正住在净慈寺里哩。不早不晚，恰恰这个时候，他从镬（huò）灶间里冲出来，一手拿着一根竹棒儿，也不说话，伸开两臂拦住山门，不让那姑娘进来。那姑娘往东钻，济颠就向东拦；那姑娘向西窜，济颠便往西挡。弄得那姑娘面红耳赤，满脸都是汗珠儿，一些烧香拜佛的人见济颠竟在大庭广众下调戏妇女，就都哄了起来。当家老方丈听到外面喧嚷得很厉害，扶着拐棍慌忙从里面赶出来，见济颠这样胡闹，便大声喝道："济颠！你像不像个出家人？还不给我走开！"济颠扭过头来，笑嘻嘻地问老方丈道："师父呀，你说说看，是有寺好还是没寺好？"老方丈把话音听岔了，没理会他的意思，就骂济颠道："多嘴，我们出家人多一事不如少一事，当然是'没事'好喽！"济颠叹口气道："师父呀，等到'没有寺'了，你不要后悔呢！"老方丈听也不听，就拿拐棍儿敲济颠说："'没有事'，我正巴不得哩！你少在这里啰唆，快给我走开！快给我走开！"济颠见当家老方丈这么一说，就把两根竹棒儿往胳肢窝下一夹，独自走开了。

济公背新娘处

那穿红衣裙的姑娘刚走

进大雄宝殿，往人群中三挤两挤就不见啦。这时候，忽地刮起一阵大风，有只红蜘蛛从大殿正梁上刮下来，不偏不斜，正好落在点着的烛火上。只听“呼”的一声，烛火四射，大殿里立刻着起火来。风助火势，火借风威，一霎时就把个金碧辉煌的净慈寺烧成了一片火海。许多香客跟和尚东逃西躲没处藏身，看看只有殿后那一间柴房没烧着，大家就你推我挤地往那里奔。推开门一看，呀，只见济颠跷起两条腿，躺在草堆上睡得正香甜哩。大家七手八脚地去推他，济颠揉揉眼皮翻个身，迷迷糊糊地说：“莫吵，莫吵！你们吵什么呀?”大家把他拖起来，大声说：“火都烧着眉毛啦，你还在睡大觉哩！”济颠也不回答，只嘻嘻地朝大伙儿憨笑。老方丈一见也火了，说道：“寺院烧掉了，人家哭都来不及，你还乐哩！”济颠说：“哈哈！这就要问师父啦！”老方丈听了，摸不着头脑，就问济颠是怎么一回事。济颠这才说明：“刚才那穿红衣裙的姑娘是火神变化的，她今天午时三刻要来烧净慈寺，我不放她进来，想耽误过时刻，这火便烧不成啦。”老方丈听了着急道：“哎呀呀，我怎么知道，那你为啥不早点说呀?”济颠说道：“还怨我不早说呢？——我拦也拦了！大家都轰我。刚才我还问师父，师父不是说‘没寺’好么？哼，你不是还拿拐棍儿敲我么！”老方丈这时才弄懂：原来自己一时心急，把话音都听错了。真是既惭愧又伤心，忍着眼泪说：“咳！我还当你说的是事情的‘事’哩，要知道是寺院的‘寺’，怎么会说‘多一寺不如少一寺’呢？唉！”

由民间传说演化出的济公评话、小说中，可以说有无数关于济公显异的故事。就连多少带有一点史料色彩的《净慈寺志》中也记录了许多，选录三则如下：

九里松酒肆之门有死人，主人大惧。济以哭驱其尸，忽自奔岭下而毙。

说是九里松酒店的门口有具尸体，店主看了非常恐惧。济公用哭声来驱赶尸体，死尸竟然自己跑到山岭下倒地了。

一日，骤雨忽至，邑黄生者趋避寺中，济预知其当死，呼匿坐（座）下，衣覆之。迅雷绕坐（座）下，不得遂，击道旁古松而止。

讲的是有一天，突然下起了暴雨，城里有个姓黄的书生急忙到寺里避雨，济公已经知道他会死，叫他藏在自己的座位底下，用衣服将黄生盖起来。雷电绕着济公的座位响个不停，就是打不到黄生，直到将路旁的古松树击倒才停止。

济常为人诵经下火，累有果证，至火化蟋蟀，见青衣童上升，诸显异，不可殚述。

济公经常替人家念经下火，超度亡魂，慢慢取得了正果。有一天，他火化蟋蟀的时候，看见一个青衣童子徐徐升空。济公多次显示非凡的神通，难以一一说尽。

神通示现是原始佛教教团中常见的现象，也是某些佛教修行者的宗教生活中的一部分。但是，佛教对于神通的认知有两个非常明确的应用原则：一是神通并不是万能的，二是神通是不可滥用的。济公的许多神通常常隐藏于其颠行的背后。确实，别看济公破帽破扇破鞋垢衲衣，看上去似丐似氓，非僧非道，实际上却是一位学问渊博、行善积德的得道高僧。他懂医术，给老病者治愈了疑难杂症；嘉泰四年（1204 年）净慈寺毁于火，他带着自己撰写的募缘榜文，去严陵山（今安徽桐庐一带）募化，使之收复旧观。于是人们从他的法名中拈出一个“济”字，加在“颠”的前面，称为“济颠”。这“济”字也包含着扶危济困的意思。

济公活佛

而“颠”字，只是现象，粗野的外观掩不住内秀。这位后来被提拔为“书记僧”的和尚会下围棋，更写得一手好诗文。他徜徉山水，自得其乐，游履所至，挥毫题墨，文辞隽永。传说他每写一篇疏状，临安满城争着哄传。

济　公

资料所记载的济公在净慈禅寺的活动相对丰富一些。所以民间济公传说中不少故事发生在净慈禅寺内。净慈寺位于南屏山慧日峰下，面向西湖，净慈禅学渊源深厚，为浙江著名丛林寺院。五代吴越忠懿王钱弘俶于后周显德元年（954年）创建。宋太平兴国二年（977 年）净慈寺改称寿宁禅院，建炎二年（1128 年）改为净慈禅寺，绍兴十九年（1149 年）改为净慈报恩光孝禅寺。嘉泰四年（1204 年）净慈寺大火，除山门外，余均灰烬。嘉定十三年（1220 年）夏重建，塑五百罗汉，供奉在田字形的罗汉堂内，五年乃成。有十座殿宇，五百余间房舍，规模“闳大，甲于湖山”，列入江南禅宗五山，“南净慈”遂与“北灵隐”媲美。

现在的净慈禅寺有前、中、后三重大殿，还有万工池、济祖殿、慧日阁、宗镜堂等建筑。原寺内有铜钟一口，每天傍晚，深沉的梵钟在苍烟暮霭中回响，西湖十景之一“南屏晚钟”由此而得名。原铜钟已毁，1968 年重新铸造了重达11 吨的新铜钟，钟上“净慈禅寺”四字为著名书法家沈定庵所书。中国佛教协会主席赵朴初还在钟上撰写了《大乘妙国法莲华经》7 卷共69000 字。1968 年 11 月 21 日新钟第一次敲响时，日本的和尚600 余人专程前来杭州祝祷，之后每年有大批的日本及东南亚佛教徒于除夕之夜赶往净慈寺，聆听除夕梵钟。净慈寺因济公活佛而闻名，寺内现存济公传说中的“神运井”以及新塑的济公活佛雕像。大雄宝殿西侧有济祖殿，殿前有运木古井一口。

济　公

古井运木

相传，济公初到西湖时，在灵隐寺当了一名烧火和尚，后

济　公

来被长老点醒灵性，一时悟彻，又恐被人看破，所以假作癫狂，以混世人耳目。自从转到净慈寺当上抄写经籍的“书记”后，便做出桩桩奇事来。

少林寺高僧妙崧禅师受朝廷委派担任净慈寺第二十九代住持后，为了重建寺院，急需向各方募化筹资。长老深知济书记文思敏捷，便请他起草一道募资的榜文。济公道：“长老有命，岂敢推辞。只是酒不醉，文思不佳，求长老赏酒一壶，以助文笔。”长老即叫人买酒，济公喝得快活，兴致一上来，提笔一挥而就，榜文中有这样的妙句：“下求众姓，盖思感动人心；上叩九阍，直欲叫通天耳。”

这道榜文张贴出去以后，轰动了全杭州城，传抄传阅，连南宋皇帝也读到了。皇上又见文中有“上叩九阍”，“叫通天耳”等妙语，便派人押送三万贯钱布施给净慈寺重建寺院。

妙崧长老谢过皇恩，又找济书记商量如何去四川筹办建寺急用的大木材料。济公说："我为净慈寺做事，'天耳'都叫得通，区区运木之事又怎能难得了我呢？只是四川路远，须得让我吃个大醉，三日后保证你有木头好用。"于是，又喝得烂醉如泥，足足睡了三天，等到醒来时，突然大叫大喊："木头到了！木头到了！"长老听见，忙问："木头在哪里？"济公说："木头已从钱塘江上运到寺里的醒心井，叫人到井口搭起木架，装上辘轳，一根一根拉上来就是了。"一会儿，果然井中有一根大木头露出水面。众僧人用辘轳将木头拉了上来，拉了一根，井中又冒出一根，一直拉到第七十根，在旁边估算木料的木匠师傅随口说了声："够了！"话音刚落，井里还有一根木头便再也不上来了。从此后，醒心井就被人们称为"神运井"，又叫"运木古井"，井上还建起了亭子，那最后一根木头就留在了井底。僧人让人点了蜡烛系在长绳上缒（zhuì，音坠）入井中观照，成为净慈寺最吸引人的"古迹"之一。

济祖殿是净慈寺最具传奇色彩的殿堂，殿内供奉着妇孺皆知的济公像。依据民间传说，济公是不修边幅、不拘形迹的颠僧，连相貌也是似笑非笑、似愁非愁、似啼非啼，一半脸笑，一半脸哭，哭中有笑、笑中有哭的尴尬。但传说中济公也热情、直率，诙谐幽默而富有才学，乐于助人，颇具盛名。《古井运木》这个传说，在《净慈寺志》里，是无论如何也找不到的，因为这只是一个民间传说而已。传说归传说，济公的不守清规却是真的，他在自撰的《自述》中就说自己“尼姑寺里讲禅机，人俱笑我颠倒”，“娼妓家中说因果，我却自认风狂”，而且还说“唱小词声声般若，饮美酒碗碗曹溪”，简直是得了便宜还卖乖。不忌荤酒，出入歌楼酒肆，必定为当时的僧规所不容。不过济公精于医术，游走市井，息人争讼，救人危难，戏弄官府，民间口耳相传竟渐渐将他传说成了一个“非俗非僧，非凡非仙”的传奇人物了。

济　公

济公传说从不同角度，反映了济公是个耿介正直、爱憎分明、救人济世，颇具神通而又有诙谐幽默感的不平凡的人。这些传说歌颂了济公的聪明睿智、不畏强暴、惩恶扬善、无我利他的精神，表达了百姓对这种精神的崇敬和向往。

天台济公故居的裴菲先生认为：关于济公的所有故事传说，多属世俗文化，所表现的主要是人与人的关系，有着鲜明的伦理道德观。任何时候，人与自然，人与人之间，永远处于矛盾之中。人们在矛盾中所产生的喜怒哀乐都在这些故事传说中有充分的表现，对真与假、善与恶、美与丑的态度鲜明，爱憎强烈。如果我们留意一下，就会发现济公传说里的济公很少有多种矛盾和多重性格，通常都是单一类型的性格。传说中人们通常对济公的形象加以理想化，对反面形象竭力夸张，对比鲜明。民间文学创作中，主观因素和客观因素相结合，虽不是客观地再现生活，但基本上并不脱离和违背现实生活的因果规律，在主观倾向上包含着明显的道德教诲。济公故事传说由于流传久远，必然积淀了历史上不同发展阶段的各种社会现象，以及文化心理形成的过程，其中包含着对神的崇拜，对美好生活的向往，对社会丑恶现象的鞭挞等，我们可以从中剖析出不同社会形态的文化积淀。从文化艺术价值和社会价值衡量，济公故事传说无疑是中华民族十分宝贵的文化遗产，它蕴藏着中华民族深厚的文化精神。

神童李修元——出家和尚道济——“济颠”——济公“活佛”——舍利如雨。济公的一生，从神奇的篇章开始，也以神奇的篇章结尾。济公是神奇的，但其“神奇”能够永远地存在于历代人民大众的心中，这才是真正的神奇。

第四章

济公活佛竟然是诗人

济公一生事迹富有传奇性、侠义性，演化出许许多多民间传说、《济公传》小说。不但海峡两岸人民喜爱济公活佛，东南亚各国友人也知道并喜爱济公活佛，连欧美各国朋友都知道这位中国“佐罗”，以破蒲扇为武器，抑暴济困，神通广大。尤为值得我们欣慰的是济公的侠义品行不单在传说和传奇演义中表达出来，而且济公还有独具神采特色的诗词留下，在《净慈寺志》、《台山梵响》、《西湖游览志》等书中有辑录。文如其人，济公的诗文正如济公的个性，亦僧亦俗，亦凡亦仙，多是以世俗的题材承载超尘的思想，用十分通俗的语言来寓意禅机佛理。济公诗词是读懂济公内心世界的一把钥匙。济公的诗人情怀与济公的禅学思想之间，常常达到

济公活佛

济　公

一种内在境界上的相通和交融。

中国的老百姓最容易知足，期望一个清官，就想象了一个铁面无私的包拯；想要泄泄心中的愤懑，就把济颠和尚变成了戏谑官府、救民水火的济公活佛。可是别看传说里的济公活佛风光无限、神力无边，现实世界中却远非如此，他在净慈寺圆寂前留下一首偈言，“六十年来狼藉，东壁打到西壁，于今收拾归去，依然水连天碧”，正是他落魄一生的真实记述。在道济身后十几年主持净慈寺的僧人居简为道济所撰写的铭文中即说，“信脚半天下，落魄四十年”。不过，世上鲜有人知道道济还是一个诗僧，他的诗与范成大、陆游等南宋大家相比“并不逊色”，他有一首《九里松》：“九里松荫路，青泉映白沙，谁知三伏暑，小草有幽花。”有着唐人五绝的意境和韵味。传说道济每有佳篇问世，杭州城内都会争相哄传，可见当时就是诗名在外了。

道济圆寂后，葬在了杭州虎跑寺。而天台上清宫的道士玄机，则在济公少年时隐读的赤城山上开拓了瑞霞洞，专祀这个诗禅之僧。一个道士为一个和尚开洞纪念，这也算是历史上的一段奇缘了。

济公开悟后，于日常生活中常常透现灵机。这在他的诗词中有着突出的反映。据说《临江仙》就是他在一次喝粥时，信笔写就的一首作品。

临江仙

粥去饭来何日了？都缘皮袋难医。这般躯壳恁无知，入喉才到腹，转眼又还饥。

唯有衲僧浑不管，且须慢饮三杯。冬来犹挂夏天衣，虽然形丑陋，心孔未尝迷。

这是一首关于人的欲望的词，从表面上看，上片说的是人的食欲难填，而实际上是对无边的世俗欲海的揶揄与鞭笞，写得通俗明白形象生动。下片直指自己，一个“慢”字蕴藏诸多意蕴，自白“虽然形丑陋，心孔未尝迷”，真是“酒肉穿肠过，佛祖心中留！”

酒　怀

朝也吃，暮也吃。吃得喉咙滑似漆，吃得肚皮壁立直，吃得眼睛瞪做白，吃得鼻头糟成赤。有时汝阳三斗，有时淳于一石；有时鲸吞，有时龙吸；有时效篱下之陶，有时学瓮旁之毕。吃得快，有如月赶流星；吃得久，有如川流不息；吃得干，有如东海飞星；吃得满，有如黄河水溢。

其色美，珍珠琥珀；其味醇，琼浆玉液。问相如，曲蘖（niè，音聂）最亲；论朋友，糟邱莫逆。一上唇，五脏欣随；未到口，涎流三尺。只思量他人请，解我之馋；并未曾我做主，还人之席。倒于街，卧于巷，似失僧规；醉了醒，醒了醉，全亏佛力。贵王侯，要我超度生灵，莫不筛出来，任我口腹贪饕（tāo，音涛）；大和尚，要我开题缘簿，莫不沽将来，任我杯盘狼藉。醺醺然，酣酣然，果然醉了一生；昏昏然，沉沉然，何尝醒了半日。借此通笑骂之禅，赖斯混风颠之迹。

想一想，菩提心总是徒劳；算一算，观音力于人何益？任世间，只管胡缠；倒不如，早须圆寂。虽说是死不如生，到底是动虚静实。收拾起油嘴一张，放下了空拳两只。花落鸟啼，若不自知机；酒阑客散，必遭人面叱。谩说射洪春色，莫论其微；兰陵清酝，休夸无匹。纵美于打辣酥，即甜如波罗蜜，再若尝时，何异于曹溪一滴。

这首诗是济公对饮酒朴实的写真。济公将吃酒的时间、吃酒的内外表现、吃酒的典故等写得淋漓尽致，大气磅礴，豪饮畅快，没有丝毫的做作，完全不同于别的文人墨客常对饮酒做一番雅饰。酒是济公最好的朋友。但济公心里明白，如此喝酒“似失僧规”。但这般行径，又有谁知晓其“借此通笑骂之禅，赖斯混疯颠之迹”的真正含义。“纵美于打辣酥，即甜如波罗蜜，再若尝时，何异于曹溪一滴。”既是全诗的总结，亦是对济公自身的总结，更是诗歌境界的升华之笔。“曹溪”是中国禅宗思想的代名词，济公一生所作所为，正是中国禅宗思想海洋中泛起的一朵绚丽的浪花。

饮　酒

何须林景胜潇湘，只愿西湖化为酒。
和身卧倒西湖边，一浪来时吞一口。

大胆的想象，奇特的夸张。诗中的济公完全是一位浪漫主义诗人，与诗仙李白相比有过之而无不及。济公与诗酒结下难分难解之缘。他以酒催诗，以诗写酒，《饮酒》可说是两者巧妙结合的产儿。这首诗不但情景交融，而且物与我化为一体了，天真而洒脱，何等自然，何等高雅。以酒催诗，形似李白。李白酒中有仙，而济公酒中有佛。“看弥勒戏空，眠毗卢顶上”，“藐视十圣，不让三贤”，其口气之大，于平凡的诗句中，道出济公不平凡的心境和修养。

醉　傲

醉傲风颠卒未休，杖头明月冠南州。
转身移步谁能解，雪履芦花十二楼。

诗情禅意，禅机涌动；亦如蒙蒙岚雾，弥漫融化在尘世往事之中。济公能做到为“醉”而“傲”，似醉实醒，至醉至醒，至死“疯颠”而不休，是因为心头有一轮“明月”在。可是这种表象上的作为，又有“谁能解”呢？

赠明颠

青箬笠前天地阔，碧蓑衣底水云宽。

不言不语知何事，只把人心不自谩。

济公的诗，禅境之高，高深莫测。这类引禅趣而入诗境的作品，其实在表面的空、静、闲、淡的氛围中，深寓着“可解而不可解”的意味性，亦即诗中有意无意的已经有了“性空幻有”的成分。无意中将禅宗临济的“一句三玄，一玄三要”、曹洞的“参活句”门风也带进了他的诗中。

临江仙·雪

凛冽彤云生远浦，长空碎玉珊珊，梨花满目泛波澜。水深鳌背冷，方丈老僧寒。

渡口行人嗟此境，金山变作银山。琼楼玉殿水晶盘，王维饶善画，下笔也应难。

此篇雪景意境万千，引人遐想，令人想到岑参的《白雪歌》。通篇不见一个“雪”字，但那美妙的雪景却跃然纸上。只有一个有着返璞归真大美之心和对大自然有着深厚感情的人，才能写出如此华美的辞章。“水深鳌背冷，方丈老僧寒”，雪境禅境浑然一体，又让人仿佛看到王维诗作的影子。

济公作为一个诗僧，深知“论禅做诗，本无差别”之说，他不仅引禅入诗，而且将禅家破除“我执”、“法执”，以达到自悟佛性的开悟都引入了诗作中，达到一种如禅悟似的超知性、超功利的精神体验。他的诗文，有些虽无一字禅语，但却处处可见禅趣。

济公的诗文也表达了他对人间山水的常人感情。特别是《无题》（四首）明白自然、诗境如画，将冲出红尘自在自如的禅意与西湖化酒、把酒问花、青湖鱼跃等生活情趣刻画得惟妙惟肖。

济　公

无题（四首）

几度西湖独上船，篙师识我不论钱。
一声啼鸟破幽寂，正是山横落照边。

湖上春光已破悭，湖边杨柳拂雕阑。

算来不用一文买，输与山僧闲往还。

出岸桃花红锦英，夹堤杨柳绿丝轻。
遥看白鹭窥鱼处，冲破平湖一点青。

五月西湖凉似秋，新荷叶蕊暗香浮。
明年花落人何在？把酒问花花点头。

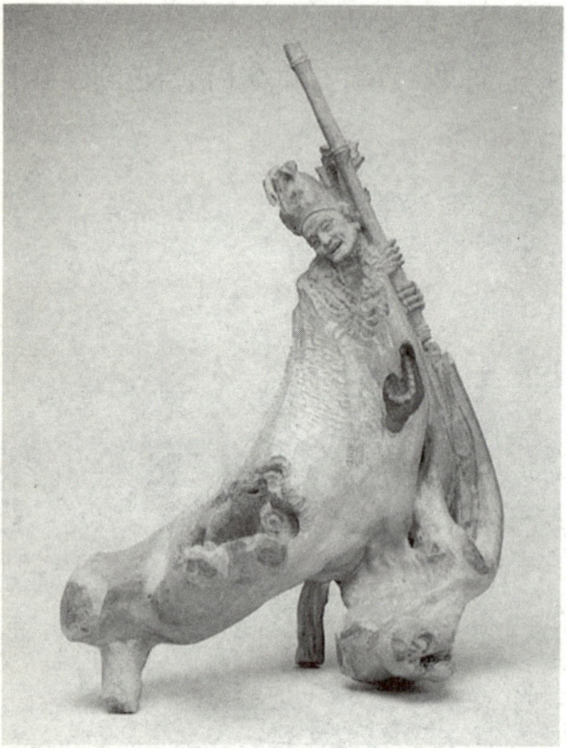

济　公

参阅《走出天台山的济公》一书分析，第一首：在一个啼鸟破幽的黄昏，落日的余晖映照着横亘的西山，济公一个人又踏上了西湖边的小船。看来，他已不是偶尔独自来这船上了，而且与船主人的交情已经到了“不论钱”的分上，他称艄公为“师”已是一种超脱。如此苍茫凄美的傍晚，他乘船去干吗？引发读者遐想。“不论钱”正说明济公生平不计钱财，生活淡泊，就像一个苦行的头陀。末两句写景寓情，写出“夕阳无限好”之景，但丝毫没有“只是近黄昏”的伤感和哀叹，画出他的豁达和洒脱。

第二首：字里行间更是充满了作者对大自然的无比眷恋与感激之情。

第三首：末两句的景象非寻常所见，诗歌一静一动，动静交融，将一首美丽的西湖春景图呈现在人们面前。在这其中，也深深寓涵着道济“离静思动”、于动中求法的禅意。

第四首：似乎写的是作者的闲适心情。真情与禅意尽藏在“明年花落人何在？把酒问花花点头”两句之中。

台湾著名学者南怀瑾对这四首《西湖》绝句尤其赞赏，说“若以诗境而论诗格，他与宋代四大家的范成大、陆放翁相较，并无逊色”；如以禅学的境界论诗，则已臻禅境之极诣。画面色彩鲜明，动静谐和；情趣内蕴，用笔精细而又不失自然。

湖山有感

山如骨，水如眼，日逞美人颜色；花如笑，鸟如歌，时展才子风流。虽有情牵绊人，而水绿山青，依然自在。即无意断送我，如鸟啼花落，去也难留。阅历过许多香车宝马，消磨了无数公子王孙。画舫笙歌，何异浮云过眼；红楼舞袖，无非水上浮鸥。他人久住，得趣已多；老僧暂来，兴复不浅。你既丢开，我又何须。立在此，只道身闲；看将去，早已眼倦。

咦，非老僧爱山水，盖为看于见，不如看于不见。

这首作品，看起来似与一般文人墨客的感春之作没有什么不同，但其结尾“咦，非老僧爱山水，盖为看于见，不如看于不见”，这才是济公赋予此诗点睛的神来之笔。济公的诗人情怀和禅学精神都可以从他对湖山的描写感悟中见出。喜爱秀美的山水乃人之常情，但看山水风景的人，能于看得见的风景中，看到看不见的风景，这可不是一般功底的人所能做得到的了。

游洞霄宫

平明发余杭，扁舟溯清流。
登岸五六里，小径穿林丘。
奇峰耸天柱，九锁岩谷幽。
云根立仙馆，胜处非人谋。
入门气象雄，金碧欺两眸。
弹棋古松下，啼鸟声相酬。
羽衣读黄庭，内景宜自修。
蓬莱隔弱水，九转即可求。
坡翁昔赋诗，刻石纪旧游。
溪山增伟观，万古传不休。
我来吊陈迹，枯肠怯冥搜。

执炬入大涤，襟袖寒飕飕。

悬崖石乳滴，千岁无人收。

樵夫指岩窟，此处通龙湫。

方期过东洞，红日惊西投。

徘徊出山去，空使猿鹤愁。

这首诗是描述道教圣地的景、人、情、理的，但语言明白如话，阐发了他对道家思想与生活的一种深刻理解。

赠赵太守

亭亭百尺接天高，曾与山僧作故交。

满望枝柯千载茂，独怜刀斧一齐抛。

窗前不见龙蛇影，耳畔无闻风雨号。

最苦早间飞去鹤，晚回不见旧时巢。

白石磷磷积翠岚，翠岚深处结茅庵。

煮茶迎客月当户，采药出门云满篮。

花被鸟拈疑佛笑，琴为风拂宛禅谈。

今朝偶识东坡老，四大皆空不用参。

赠冯太尉

削发披缁已有年，唯同诗酒是因缘。

坐看弥勒空中戏，日向毗卢顶上眠。

撒手须能欺十圣，低头端不让三贤。

茫茫宇宙无人识，只道颠僧绕市廛。

济　公

这两首赠与之作，都为佳作。在灵隐寺，济公嗜好酒肉，特别喜欢狗肉蘸大蒜。有时与小孩子呼洞猿，翻筋斗，尽情游戏。瞎堂圆寂后，他去净慈寺投德辉长老，老是替人念经，间或做火化工，后来做了书记。可还是老脾气，依然出入歌楼酒肆，乃至“尼姑寺里讲禅机”，“娼妓家中说因果”。同时也与官府打交道，与冯太尉过从甚密。活脱脱的一幅“游戏人间”的自画像。他学识渊博，擅诗善文，出语诙谑，往往超诣。

语　录

裂网掀翻出爱缠，金田得人效金仙。

发随刀落尘根净，衣逐云飞顶相圆。

悟处脱离烦恼海，定时超出死生关。

佛恩迁德俱酬足，一朵争开火里莲。

济公的行藏举止中的叛逆，这种呵佛骂祖的作风，与禅宗的思想和当时盛行的“纯任自然”，强调做“本源自性天真佛”的主张是一致的。因为既然是每个人本自天然，因此任何读经修行、求佛求祖，都是自寻束缚、枉受辛苦。

下　棋

无为堂上，敌手相逢。移来一座水晶盘，倾下两行碧玉子。聚三掣五，夺角争先。静悄悄向竹坞松轩，冷静静对茅亭菊槛。排成形势，黑丛丛万里干戈；摆定机关，白皎皎一天星象。休言国手，谩说神仙。遍九州夺利于蝇头，布三路图名于蜗角。纵横在我，敲磕由他。个中诀破着精神，要使英雄满天下。

咦！除非有个神仙路，冲破从来七九关。

棋盘阵势实是社会众生相的缩影，这首诗也是对南宋社会现实的真实写照。人们要摆脱种种名利的羁绊，“除非有个神仙路，冲破从来七九关”。

雨　伞

一竿翠竹，独力支撑。几幅油皮，四围遮盖。摩破时，条条有眼；联络处，节节皆穿。虽曰假合，不异生成。漫道打开有时，放下担当云雨。饶他瓮泻盆倾下，别造晴乾，借此权为不漏天。

明写雨伞，实为济公个人境况的写照。在现实斗争中，虽然济公也并非没有取得过胜利，但毕竟有限得很，这一点他自己也早有预感。“一竿翠竹，独力支撑。几幅油皮，四围遮盖”，可伞外却是“瓮泻盆倾”的大雨，而当雨伞“摩破时，条条（伞骨）有眼；联络处，节节皆穿”，这可怜的“不漏天”也就完了。这样一幅图画：一个瘦骨嶙峋、破衣烂衫的老僧，支一柄破伞，顶着暴风雨在泥泞的路上艰难独行。济公济世救民，与南宋腐败社会与世俗观念奋力抗争的心路历程，跃然纸上。

嘲灵隐寺印铁牛

几百年来灵隐寺，如今却被铁牛闩。
蹄中有漏难耕种，鼻孔撩天不受穿。
道眼何如驴眼瞎，寺门常似狱门关。
冷泉有水无鸥鹭，空使留名在世间。

这是对佛门清规戒律压抑本原佛心的一种嘲讽与鞭挞，也充分显露了济公特殊的逆反心态。敢于嘲讽，敢于挑战，正是济公对俗规清律一向的姿态。

神子赞

远看不是，近看不像，费尽许多功夫，画出这般模样。两只帚眉，但能扫愁；一张大口，只贪吃酒。不怕冷，常作赤脚；未曾老，渐渐白头。有色无心，有染无著。睡眠不管江海波，浑身褴褛害风魔。桃花柳叶无心恋，月白风清笑与歌。有一日倒骑驴子归天岭，钓月耕云自琢磨。

济公，一生不屑于钱财，生活淡泊，衣食无着，着实是个苦行僧。但他丝毫没有为此而伤感和哀叹，反之“无忧无愁无烦无恼”，时时处处显示出他的豁达和洒脱。

鹧鸪天·瘗（yì，音义）促织

促织儿，王彦章，一根须短一根长。

只因全胜三十六，人总呼为王铁枪。

休烦恼，莫悲伤，世间万物有无常。

昨宵忽值严霜降，好似南柯梦一场。

济公斗蟋蟀的传说流传很广，故事揭露了封建权贵的荒唐和残暴，歌颂了济公济困扶危、除暴安良的可贵品质。而这首促织诗更为直接地揭露了南宋时期颓败享乐的社会风气，并抒发了作者对人生无常的感叹。

把火文

这妖魔本是微物，只窝在石岩泥穴。当夜静更深，叫彻风清月白。直聒得天涯游子伤心，寡妇房中泪血。不住地只顾催人织，空费尽许多闲气力。又非是争夺田园，何故乃尽心抵敌？相见便怒尾张牙，扬须鼓翼。斗过数交，赶得紧急。赢者扇翅高声，输者走之不及。财物被人将去，只落得些儿食吃。

纵有金玉雕笼，都是世情虚色。倏忽天降严霜，彦章也熬不得。今朝归化时临，毕竟有何奇特。仗此无明烈火，要判本来面目。

咦，托生在功德池边，却相伴阿弥陀佛。

撒骨文

一夜青娥降晓霜，东篱菊蕊似金妆。昨宵稳贴庄周梦，不听虫吟到耳旁。大众万物有生皆有死，鸟雀昆虫亦如此。今朝促织已身亡，火内焚尸无些子。平生健斗势齐休，彻夜豪吟还且住。将来撒在五湖中，听取山僧吩咐汝：冤与孽，皆消灭。

咦，一轮明月浸波中，万里碧天光皎洁。

以上两则作品是以济公寺庙生活为题材的，实写火焚促织、扬灰撒骨的经过，但在字里行间充满着悲悯，充满着激愤，还有更多的劝谕。他借叹促织之类相残，悯促织生命之短促，愤世情之虚假，劝化世间众生。

与安抚

苏东坡说道：笔花落地无声，抬头见管仲。管仲问鲍叔，如何不种竹？鲍叔曰：只须三两竿，清风自然足。

秦少游说道：雪花落地无声，抬头见白起。白起问廉颇，如何不养鹅？廉颇曰：白毛铺绿水，红掌拨清波。

黄鲁直说道：蛀屑落地无声，抬头见孔子。孔子问颜回，如何不种梅？颜回曰：前村深雪里，昨夜一枝开。

佛印禅师后说道：天花落地无声，抬头见宝光。宝光问维摩，僧行近如何？维摩曰：遇客头如鳖，逢斋项似鹅。

虽有游戏的色彩，但同样可见济公的幽默诙谐，寓禅意于俗语。

化盐菜疏

伏以世人所急，最是饥寒，性命所关，无非衣食。有一丝挂体，尚可经年；无数粒充肠，难挨半日。若无施主慈悲，五脏庙便东坍西倒；倘乏檀那慷慨，方寸地必忍饿吞饥。持斋淡薄，但求些咸味尝尝；念佛饥肠，只望些酸韭嗒嗒。欲休难忍，要买无钱。用是敬持短疏，遍叩高门。不求施舍衣粮，但只化些盐菜。若肯随缘，虽黄折亦是菩提；倘能喜舍，纵苦水莫非甘露。莫道有限篱蔬，不成善果；要知无边海水，尽是福田。若念和尚苦恼子，早发宰官欢喜心。总算来，一日三十贯财，供人常住。远看去，终须有无量福，遍满十方。非是妄言，须当着力。谨疏。

净慈寺募疏

伏以佛日永辉，法轮常转。唯永辉虽中天者，有时而暂转。故比此者，无旧不重新。窃见南屏山净慈寺，承东土之禅宗，禀西湖之灵秀。从来殿阁轩昂，增巍峨气象；况是门墙高敞，见轮奂风光。近因藏殿倾颓，无处存寿山福海。是以空门寥落，全不见财主贵人。因思法轮不转，食轮怎得流通；倘能佛日生辉，僧日自然好度。弘慈愿力，仰仗慈悲，施恩须是大圣人，计工必得三千贯。舍得喜欢，人天踊跃；成之容易，今古仰瞻。有灵在上，感必能通；无漏随身，施还自受。莫道非诚，此心可信；休言是诳，我佛证盟。

——募缘化主书记僧道济谨疏

重建净慈寺疏文

伏以大千世界，不闻尽变于沧桑；无量佛田，到底尚存于天地。虽祝融不道，肆一时之恶；风伯无知，助三昧之威。扫法相，还太虚，毁金碧，成焦土。遂令东土凡愚，不知西来微妙。断绝皈依路，岂独减湖上之十方；不开方便门，实已缺域中之一教。

即人心有佛，不碍真修；而俗眼无珠，必须见像。是以重思积累，造宝塔于九层；再想修为，塑金身于丈六。况遗基尚在，非比开创之难；大众犹存，不费招寻之力。倘邀天之幸，自不日而成。然工兴土木，非布施金钱不可；力在布施，必如大檀越方成。

故今下求众姓，盖思感动人心；上叩九阍（hūn），直欲叫通天耳。希一人发心，冀万民效力。财聚如恒河之沙，功成如法轮之转。则钟磬复震于虚空，香火重光于先帝。自此亿万千年，庄严不朽，如金刚天人，神鬼功德，记于铁塔。谨榜。

以上三则都是济公在净慈寺当书记时所撰募化类文书。济公“矢口成文，信笔满纸”，很有文才，被任为寺中书记。传说当年妙崧禅师立志重修寺院，就请济公起草募资的榜文。济公并不推辞，索酒一壶，欣然命笔。榜文中“下求众姓，盖思感动人心；上叩九阍，直欲叫通天耳”的佳句轰动了杭州，连皇帝也派人送来三万贯布施钱。

民间传说中最神奇的就是重建净慈寺。济公在净慈寺访德辉禅师为师并担任寺中书记，全寺山门榜疏、祈祷词语文翰事务都出自道济之手，僧众都称他为“济书记”。无论是以他署名的“募缘化主书记僧道济谨疏”的《净慈寺募疏》，还是他所撰写的《重建净慈寺疏文》，全都是化募的理由、重建的经过，其中并没有只言片语涉及民间流传的“运木神话”（如“驾裟覆盖严陵，山林自拔，浮江而下”，“六甲

济　公

净慈寺

神”相助自香积井拔起以及至今遗存的“神运井”等），文中所说的“金刚天人，神鬼功德”也只是表述重建净慈寺之举的“庄业不朽”，记功于铁塔的文学语言，毫无夸张奇异之处。

致少林长老书

伏以焚修度日，终是凡情；开创补天，方称圣手。虽世事有成和毁，但天道无往不还。痛净慈不幸，净扫三千；悲德辉长辞，忽空四大。遂致菩提树下，法象侵凋；般若声中，宗风冷落。僧归月冷，往往来来，如惊栖之鸟；人出山空，零零落落，如吹断之云。鼓声已失，何以增我佛之辉；衣食渐难，大要出如来之丑。欲再成庄严胜地，须仰仗本色高人。

恭唯少林大和尚，行高六祖，德庇十方；施佛教之铃縋，展僧人之鼻孔。是以不辞千里，通其大众之诚；敬致一函，求作禅林之主。若蒙允诺，瓦砾吐金碧之辉；倘发慈悲，荆棘现丛林之色。大小皆面皮，休负诸山之望；近远悉舟车，休辞一水之劳。慧日峰前，识破崄崖之句；南屏山畔，愿金灵隐之光。伫望现身，无劳牵鼻。

如果完全走儒家学而优则仕的名利之途，以济公的智慧和才学，捞个一官半职易如反掌。就是不走仕途当和尚，凭他与当时达官权贵的交往，当个大寺院的掌权人、统治者，分享一份富贵荣华，也不是什么为难之事。我国历史上不乏这类事例：怀义受宠于武则天，权倾朝野；杨琏真加还是一个西域僧人，受元世祖重用，封为江南释教总统，遍掘南宋皇陵及大臣墓，得金银珠宝及土地不计其数；道衍即姚广孝助朱棣起靖难之役，夺得明建文帝皇位，功居第一。然而济公与这些僧人完全不同，他视富贵如粪土，疾恶如仇，一心只想“寻声救苦”，“折了锡仗（杖），不怕上高平低；破却草鞋，管甚拖泥带水”。虽然身处临安的花花世界，却不与统治者沆瀣一气，而是与布袋和尚和白足和尚归于一途，而且疯颠更甚，到死时仍然光着双脚。这种行藏的实质，分明是对于整个现实，也包括一切佛戒僧规在内的猛烈对抗。佛法与现实的尖锐矛盾，他无力解决，这成为他内心的剧痛，这种失衡心理就外化为疯颠，痛苦愈深，疯颠愈甚；反言之，疯颠愈甚，说明痛苦愈深。济公以“形蝶露人，姗笑自视”者，正说明他内心的痛苦到了极点。

寄少林和尚

愚徒道济稽首焚香致书于少林大和尚法坐下：窃以水流云散，容易别离；路远途遥，急难会面。嗟世事之无常，痛人生之莫定。然大地尚全，寸心不隔。目今桂子香浓，黄花色胜；城中车马平安，湖上风光无恙。我师忙里担当，闲中消受。无量无边，常清常净。拜致殷勤，伏惟保重。

济不慧，钻开地孔，推倒铁门；针尖眼里走得出来，芥菜子（籽）中寻条路去。幸我师慈悲，不嗔不怪。烦老天宽大，容逋容逃。故折了锡仗（杖），不怕上高平低；破却草鞋，管甚拖泥带水。光着头，风不吹、雨不洒，何须竹笠；赤着体，寒不犯、暑不侵，要甚衣包？不募化，为无饥渴；懒庄严，因乏皮毛。万重寻声救苦，当行则行；一时懒动雀巢，要住即住。塞旁明，久非左道；由正路，已到西天。一脚踢倒朱山，全无挂碍；双手劈开金锁，殊觉逍遥。

便寄月一之书，少达再生之好。虽成新梦，犹是故人。长啸三声，万山黄叶落；回头一望，千派碧泉流。尚有欲言，不能违反。乞传与南北两山，常叫花红柳绿；为我报东西诸寺，急须鼓打钟敲。情长难尽，枯短不宣。

少林寺是禅宗的祖庭，从这封信可以看出，济公与少林圣地有着非同一般的因缘。开篇衷心祝愿，将少林和尚尊崇为师。第二段将笔锋直指自己，说自己走上了一条为俗世所不容、不允、也不易的艰难人生之路，并对自己的行藏举止一一予以剖析陈列。在字里行间，既有一种侠僧的风度，更透着一股台州人的硬气，浸透着一种无情地解剖自己、审视世事和造反叛逆的精神，这也正是济公精神风貌的集中概括。

西归口颂

健，健，健，何足羡？止（只）不过要在人前扯门面。吾闻水要流干，山要崩陷，岂有血肉之躯，支撑六十年而不变？棱棱的瘦骨几根，瘪瘪的精皮一片，既不能坐高堂，享美燕，使他安闲；又何苦忍饥寒，奔道路，将它作贱（践）？见真不真，假不假，世法难有；且酸的酸，咸的咸，人情已厌。梦醒了，虽一刻也难留；看破了，纵百年亦有限。倒不如瞒着人，悄悄去静里自寻欢；索强似活现世，哄哄的动中讨埋怨。灵光既欲随阴阳，在天地间虚行；则精神自不肯随尘凡，为皮囊作楦。急思归去，非大限之相催；欲返本来，实自家之情愿。

咦，大雪来，烈日去，冷与暖，弟子已知；瓶干矣，瓮竭矣，醉与醒，请老师勿劝。

此文中的济公对人世的认识已经上升到了哲学境界。裴菲先生有很精彩的分析：济公在《西归口颂》，即临终遗嘱中提出“世法难有”，实际上是毕生经验教训的总结，与他的《辞世偈言》“六十年来狼藉，东壁打到西壁”完全一致。济公内心的痛苦也正源于此。因为起初他心存济世救苦的宏愿，怀抱“钻开地孔，推倒铁门”的决心，满腔“一脚踢倒朱山，全无挂碍；双手劈开金锁，殊觉逍遥”的豪情，不顾忌世俗僧规，做到“尼姑寺里讲禅机，娼妓家中说因果”的程度，以为可以做到“针尖眼里走得出来，芥菜子（籽）中寻条路去”，破壁而出，改变这十恶的现世。殊不知结果却是“活现世，哄哄的动中讨埋怨”。可见地孔难钻，铁门未倒，针尖眼里走不出来，芥菜子里寻不到活路。所以他临终长叹：“瓶干矣，瓮竭矣”，“梦醒了，虽一刻也难留；看破了，纵百年亦有限……急思归去，非大限之相催；欲返本来，实自家之情愿”。他只希望以死来结束内心的矛盾，也解除肉体的痛苦，因为他已不想再“苦忍饥寒，奔道路，将它作贱（践）”。

颂付沈万法

看不着，错认竹篱为木杓（勺）。不料三更月正西，麒麟撼断黄金索。幼年曾到雁门关，老夫重睁醉眼看。记得面门当一箭，至今犹自骨皮寒。只因面目无人识，又到天台走一番。

传说济公出家后曾回过老家。依稀蒙眬的醉眼，作者回忆起自己童年的顽皮和今日的落拓，感慨万千。但作者了结尘缘的决心未变。

辞世偈言

六十年来狼藉，东壁打到西壁。
于今收拾归去，依然水连天碧。

济公的临终偈语算得上是研究界关注最多的济公作品了。“六十年来狼藉，东壁打到西壁”表达了济公坎坷的一生，最后两句“于今收拾归去，依然水连天碧”，表白了一般僧人所难有的禅机，也是济公禅学思想的精辟概括。

济　公

同时，从此偈语中，还可以了解济公的真精神、真面目，先由俗（行为狼藉）显真，后纯归于真（水连天碧）。写法上看，句句写实又句句写虚。人生感悟、禅学修行似乎都归于空灵。

自　述

南屏山净慈寺书记僧道济，幼生宦室，长入空门，宿慧神通三昧，今修语具辩才。理参无上，妙用不穷。云居罗汉，唯有点头；秦州石佛，自难夸口。卖响卜也吃得饭，打口鼓尽觅得钱。倔强赛过德州人，跷蹊压倒天下汉。尼姑寺里讲禅机，人俱笑我颠倒；娼妓家中说因果，我却自认风狂。唱小词，声声般若；饮美酒，碗碗曹溪。坐不过，禅床上翻筋斗；戒难持，钵盂内供养屠儿。袈裟当于卢妇，尽知好酒颠僧；禅仗打倒庞婆，共道风流和尚。醉昏昏，偏有清头；忙碌碌，的无拘束。欲加其罪，和尚易欺；但不犯法，宣威难逞。请看佛面，稍动慈悲；拿出人心，从宽发落。今蒙取供，所供是实。

济公身为禅宗高僧，撰有《镌峰语录》10卷，还有很多诗作。他跟唐代隐士寒山、丰干、拾得（即“三贤”）一样，既受到佛教禅宗的熏染，也受到了道家隐逸之风的影响。和他们不同的是，他还具有民间游侠的色彩，从而使他在众多的佛门弟子中独树一帜。这与他从小就在佛道双修的赤城山攻读，并受到“台州式硬气”的民风陶冶有关。

济公出自儒雅门庭，自幼读书，文学深有造诣。住灵隐寺曾被委任书记，一切内外文件，均出自济公之手。写作往往不假思索，一挥而就。诗句工整，诗意潇洒豪荡，有情有景，深寓禅机。

济公的诗文禅境很高，其深莫测。济公于灵隐寺出家，学习参禅，经过慧远禅师不断指点、琢磨，一夕灵机触动，豁然有悟，发狂跳跃，得慧远禅师印证，有四句诗云：

昨夜三更月正明，有人晓得点头灯；

蓦然思起当时事，大道方知一坦平。

后来慧远禅师圆寂，济公感念师恩，为遗体荼毗时举火云：

师是我祖，我是师孙。著着衣吃饭，尽感师恩。临行一别，弃义断襟。火把在手，王法无亲。

大众且道如何是王法无亲？

噫！与君烧却臭皮袋，换取金刚不坏身。

慧远禅师属禅宗临济系统，“七尺棒头开正眼，一声喝下息狂机”，棒打拳击，如霹雳灌顶，正是这一系的门风。济公继承慧远衣钵，虽然不检细行，放浪形骸，但仍是禅宗的一位高僧。据台湾出版《卍续藏经》、《补续高僧传》记载，他撰有《镌峰语录》十卷，《志丹语录》二卷，《法丹和尚剩语》一卷，还有很多诗作，被列为禅四十祖。

录南怀瑾先生对济公诗作的评论如下：

“道济（俗称济颠和尚）的诗（举例《无题》四首）以及他的绝笔之作，如：‘六十年来狼藉，东壁打到西壁。于今收拾归去，依然水连天碧。’若以诗境而论诗格，他与宋代四大家的范成大、陆放翁相较，并无逊色。如以禅学的境界论诗，几乎无一句、无一字而非禅境，假使对于禅宗的见地与工夫，没有几十年的深刻造诣，实在不容易分别出它的所指。”（摘选自南怀瑾著《禅宗与道家》）

裴菲先生为济公的诗文下了这样的评语："济公一生到底写了多少诗词文章，我们终不得其详，但能侥幸留下来的却都是字字珠玑，句句玉律，掷地有声，意味无穷。但无论怎样，我们在济公的诗文里，总能感受到一种贴近社会、贴近大众、亲切平和、极其浓郁的生活气息；在济公的诗文里，总能接收到他主张众生平等，关注世间伦理道德、关注人生的痛苦与解脱，冀求净化人心、祥和社会的强烈祈愿。济公的诗文，真正体现并弘扬佛教禅宗扎根现实生活、关怀生命的觉悟和解脱，以及自食其力、注重真修实证的宗风。也是我们深刻领会济公传说的一个重要参照。"

第五章

济公传说传成了什么

八百年来，在中国大地上的济公崇拜现象绵延不绝，并以多种形式延续和发展。现在人们所了解的济公故事主要通过影视形式，而影视的情节又主要是根据济公评话及济公小说等改编的。济公评话、小说等的内容主要都是来自于民间的济公传说。民间传说是民间文学的重要组成部分，它不仅是流传于民间的口承故事，而且是特定区域民众生活的内容之一，成为特定地区民俗文化的一个组成部分。民间传说作为民间口耳相传的文艺类型，常常成为其他文艺类型的重要源泉。

上升到文化的层次看，各种形式的济公文化艺术的传承或演变都可以看做是济公传说的延续和发展。具体地说：一是以民间口头文学为主流的济公传说在社会上产生与流传，并不断地丰富和神化，以至于逐渐地将一个道济和尚演化成了“济公活佛”。二是表现为宗教信仰的形式，在南宋时代居简的一篇《湖隐方圆叟舍利铭》首开先河，继之，《济颠语录》、《道济

《济公外传》

传略》、《二颠师传》、《醉菩提》、《净慈寺志》等佛教界有关济公的史料文献相继问世，奠定了济公神灵文化的基础。同时在民间相继出现了奉祀济公的庙宇和济公神像。三是在民间济公传说的基础上，通过说书人的综合整理，形成了比较系统的话本，至明清时代，小说家又将这些话本演绎为各种版本的《济公传》。之后，相继出现了各种形式的济公文化艺术，如戏剧、绘画、雕刻等。到现代，又以电影、电视等新的艺术形式，向更广的空间传播延伸。

从传说到评书、小说

济公传说在济公的家乡和济公生活过的地方不断流传、丰富、发展，由此而演化的民间济公文学可谓如火如荼。有关济公的小说、传记、剧本等层出不穷。最早的是明代的《红倩难济颠》，但传本已佚。明隆庆年间，沈孟柈撰有《钱塘渔隐济颠禅师语录》一卷。明清之际，又有人（天花藏主人）编写了《醉菩提全传》，又名《济颠大师玩世奇迹》二十回。清初王梦吉撰有《鞠头陀新本济公全传》三十六则。后清代郭小亭作《济公传》（全称《评演济公传》）二百四十回，是济公传说故事的集大成之作。演济公的戏剧也很多，清代有《醉菩提》传奇。京剧中亦有《济公活佛》。新中国成立以后，动画片《济公斗蟋蟀》和电视连续剧《济公》的播放，受到广大人民群众特别是青少年的欢迎，在国外也产生了一定的影响。济公的形象通过民间的传说和文学作品的渲染，广为传播，深入人心。正如文正义先生在《解读济颠》中所说的：“自南宋迄于清季，从署名宋沈孟柈的《钱塘湖隐济颠禅师语录》，到清代郭小亭的《济公全传》，济颠留在世人心目中的形象，不再是当年的禅僧道济了，糅合了儒释二教的基本理念，倾入了人民群众的理想情感，也是神异传闻和小说创作的结合体。他既神圣奇异、主持正义，又平常住世、颠狂诙谐，不像黑面包拯那

《济公全传》

《济公传》

样一脸凛然，更富有一种人情味与亲和感。其形象不是分娩于一朝一夕，而是不断地被人们‘再塑金身’，逐渐地完善其故事，丰满其性格，突现其主题。虽说写济公的小说不算很成功，不能像《三国》、《水浒》、《西游》那般写进文学史，可却在社会底层不胫而走。济颠得到了人民的崇敬、喜爱，成为了他们感情的寄托，希望的化身。甚至与观音菩萨相比，济公也有其独到之处。观世音菩萨是在世人受诸苦恼时，一心称名，才‘有求必应’；而济颠和尚则不同，他具有儒家‘兼济天下’的入世之志，常是主动为世人排忧解难。”①

《续济公传》

林语堂先生曾说：“受中国民众所爱戴的最伟大的疯和尚无疑是济颠和尚，又名济公；他是一部通俗演义的主人公，这部演义越续越长，其篇幅至今约比《堂吉诃德》多了三倍，看来似乎没有完结。”可见，济公的故事，不但在中国家喻户晓，深入人心，在世界上也有着广泛的影响。《济公传》、《济公后

---

① 文正义《解读济颠》。

传》、《小济公传》、《济公前传》、《济公续传》、《续济公传》、《绣像济公传》以及《四续济公传》等等。济公的故事，虽为鸿篇巨制，实际上是由许多独立的故事连缀而成，用今天的话来说，是系列剧而非连续剧。因此，这些“续”《济公传》虽名为续集，情节却完全可以独立于《济公全传》之外而存在；而且故事内容与人物形象，与《全传》比也有较大的变化。续集叙述了济公率领弟子，劝导一批忠臣后裔和江湖义士，严惩卖国投降的奸臣和皇亲国戚，平定“大狄国”的内患，以保南宋江山“国泰民安”的种种故事。在这些故事中，济公的活动范围从市井社会拓展到整个朝野江湖，其所作为也从撮合男女美满姻缘、扶危济困、除怪降妖扩展到关系国家安危的军机大事，社会场景更为广阔，情节也特别丰富、曲折，引人入胜。济公的形象也从一个游戏人间行侠仗义的“颠僧”，逐渐演化成一个忠肝义胆、神机妙算、

《新刊绣像评注济公传》

佛法无边的济世活佛。

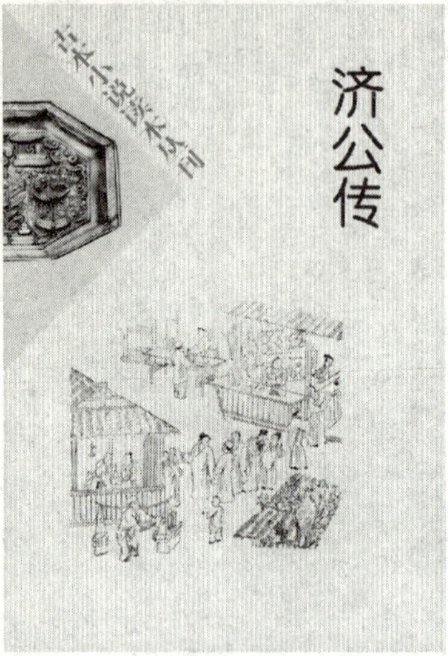

《济公传》

《小济公传》（上、下）是当代著名童话作家孙幼军所写。孙先生早年是个超级武侠迷，而且最爱读《济公传》。这是他创作童话成名后重温少年时代梦想的一部作品，原名《仙篮奇剑传》。这部富有童话趣味的少年武侠小说，讲述南宋年间一对少男少女行侠仗义的故事，几分惊险，几分奇幻，十分幽默。这部作品还是这位老先生毕生最为珍爱的一部，用他自己的话说，“常常没事儿时翻开来，自我欣赏地看上一遍。我的其他作品，没有一本享受过这种待遇的”。作者本人并不同意这本书被称为武侠小说，“中间安排了一些武术功夫，我的用意不过是显示彭元魔法的厉害”。

《济公斗蟋蟀》、《小济公传》等作品在济公故事流传中有着重要的意义。它使济公故事、济公精神直接面向了下一代接受者，对于济公精神的发扬光大有着不可低估的积极作用。

从影视、戏剧到动画

其实，从济公评话开始，就等于济公已经上了舞台。在我国影视还不很发达的时代，济公传说借助于评话、戏剧等被改编成一个个生动形象的故事活跃于我国的说书、戏剧舞台上。演过济公的演员很多。影响较大，给观众留下深刻印象的要数 20 世纪 40 年代上海老闸戏院编演的 72 本连台戏《济公传》中济公的扮演者筱芳锦先生和 20 世纪 80 年代的电视剧《济公》中济公的扮演者游本昌先生。筱芳锦（1910－1973 年）本名陈灿齐，字彩亭。绍兴人。筱芳锦以饰演包公、关公、济公三个戏剧人物闻名，人称“三公老生”。40 年代，筱芳锦饰演的济公，亦庄亦谐，生动活泼，恰到好处，深得观众的喜爱。筱芳锦以“怪喉”演唱，唱腔挺拔清越，铿锵入耳，很有特色。80 年代，电视剧《济公》播出以后，游本昌的名字几乎家喻户晓。游本昌以诙谐自如、妙趣横生的表演赢得公众的广泛好评，“鞋儿破、帽儿破……哪里有不平哪有我”的主题歌更是被人们广为传唱。据说游先生不仅济公演得好，而且自身的佛缘也不浅。游先生认为：佛教讲的是因缘，济公有济公的因缘。济公是静中求动、静极而动的罗汉。他知道“钟不敲不鸣，鼓不打不响，菩萨显神通，人才知景仰”，他明白“不于人世翻筋斗，弄把戏，佛法何以阐明？神通难于显示”。用荒诞的手法给人当头棒喝，用嬉笑怒骂的态度，发人深省，这是济公的因缘，离此便不是济公。他度的是俗世的众生，他用的形式必然是俗的，而俗与雅应该是同样平等的。佛教的因缘论，符合塑造艺术典型“这一个”的要求。由五识

（眼、耳、鼻、舌、身）到意识，再由意识回到五识。修行是没有定法的，在生活中、工作中、学习中修行，是最有效、最好的。游本昌在塑造济公中修行，在修行中编演济公。游本昌荣获第四届大众电视金鹰奖最佳男主角奖。《济公》引起轰动之后，1998 年春由北京本昌文化艺术传播中心、格力电器股份公司、浙江有线电视台、北京国安广告总公司联合制作的 20 集电视连续剧《济公游记》又与观众见面。“济公”游本昌再度出山，饰演主人公——劫富济贫、惩恶扬善的济公。新编《济公游记》包括 11 个弘扬中华文化精髓、净化人心、示现神通的历史故事。该剧以诙谐、幽默、智慧的表现形式，歌颂了人间的真善美，并借以隐喻当今社会所存在的道德问题，是一部寓教于乐，凝聚中国古典佛教文化、民族色彩的上佳之作。据说游本昌先生本着以“演戏要对得起观众”的严谨作风，对剧本精雕细琢，

济　公

用拍摄30集电视剧的投资，奉献出20集精品。伴着“鞋儿破、帽儿破”的余音，游本昌此次道出“妄心生烦恼，心平万事平，心净万事净”的人生真谛。

随着近年影视娱乐色彩的日益加浓，济公形象本身所包蕴的喜剧因子日益被演艺界看重。济公的故事演变得越来越离奇曲折，济公的济世精神和滑稽搞笑融为一体。以下为一则广告：

42集古装奇幻剧《济公传奇》尽显一向游戏人间、扶危济世的疯癫和尚济公形象，融合创新元素，可谓无懈可击。剧中济公法力高深，专管凡人凡事，打尽恶霸贪官，为百姓扶危解困。当济公为了了解人间的感情纠葛，不惜尝试爱情滋味，与灵巧活泼的卖艺姑娘冷小翠竟有一段奇缘?！剧中采用嬉笑怒骂、诙谐轻松的戏剧手法，道出禅机哲理，让观众从轻松中获得一点教化及启示，寓意深长。

其实，观众在看了《济公传奇》，到底能领会多少深长的“意味”，真的很难说得清楚。简装DVD《济公》还请出了香港大腕周星驰、张曼玉主演。英文名称干脆叫做了“The Mad Monk”（疯和尚），情节更是荒诞不经。

一个九世妓女，一个九世乞丐，还有一个九世恶人，都在等着济公这位大仙点化。但一个毫无法力的神仙降龙加上一个弱智儿伏虎简直是不可能完成的任务，于是，连场的爆笑戏出来了，神仙跟妓女磨豆腐，跟恶霸讲感情，跟乞丐谈骨气……

做人难，没想到做神仙更难。伏虎罗汉与掌管凡间际遇之神发生争执，惊动了众仙出面为两人作调解。伏虎指责际遇之神玩忽职守，不顾人间疾苦。在观音和众神的调解下，最后达成协议，让际遇与伏虎打赌：若伏虎能在指定时间内令三个凡人为他人自我牺牲，便是伏虎得胜，否则只能等待再生轮回。于是，伏虎投胎为济公和尚，一面游戏人间，一面普度众生，更伺机接近目标人物：九世乞丐、妓女和杀人如麻的大盗……

济　公

人们放纵自己的想象去编演济公故事，原先的济公传说已经被改编得面目全非，济公传说的文化根本精神也在改编途中失落了不少。也许，济公若生在太平盛世，济公传说必定是另外一个样子。但济公从不假公济私，这是人类进步永远需要的精神。当然，如何让济公的精神发扬光大，让济公传说不失原味、健康传承，人们也做了许多有益的尝试。三维动画《济公》应该算是又一个比较成功的尝试。有人认为济公是一个天生的卡通形象。三维动画《济公》改编自济公的民间传说故事，内容为大众所熟悉。他神通广大，他云游天下，他笑对众生。以一把破扇为武器，除暴安良，惩治仗势欺人的恶霸，戳穿骗子的假仁假义，与妖精斗法，与坏人斗智，匡扶正义，替天行道。一双冷眼看透世态炎凉，一副热肠除去人间不平。由人赞，凭人笑，随人骂，任人嘲，他逍遥自在无挂碍，亦癫亦狂非俗流。制作者认为，济公和尚生就一副动画的素材，理由如下：

1. 济公是绝佳的类型化卡通式人物。几十年来，中国动画能真正深入人心且风格统一的卡通人物只有孙悟空、阿凡提几例。改编哪吒的动画片无论是曾经的《哪吒闹海》还是现在的《哪吒传奇》，虽然影片本身很受观众欢迎，但是哪吒这个卡通形象不是恒定的，前后变化很大，难以形成卡通明星的效应，究其原因，主要在于哪吒这个人物类型化色彩不强。所谓类型化，是指人物性格始终如一、个性鲜明、没有雷同。哪吒在传说中虽然性格鲜明，但有成长，有变化，他的性格突出而不是独特，只能算一个有个性的少年。而孙悟空、阿凡提则不是这样，他们自始至终都是一个样子，济公也是其中的一个典型。

2. 民族风格下的创新求变。动漫的民族性应该是一个不断演变的动态过程，应该在传承中不断创新，在借鉴中不断创新。对动漫作品进行内容和形式上的创新，才能保证本土动漫文化在思想上和技术上的先进性。新制作的《济公》，并没有拘泥于传统动画的限制，在坚持民族思想精髓的前提下，对动画的形式进行了大胆的更新，尤其是主人公济公的形象，并没有照抄以往影视剧题材的模式，而是对其形象及性格进行了大胆的夸张和更人性化的体现。间或出现的现代动画片的标志性动作——跑起来两腿像“风火轮”、哭起来立刻“泪流成河”、怒起来五官严重变形，这些动作出现在济公这样传统的民间人物身上，给人以前所未有的新奇感和时代认同感。

3. 三维动画《济公》样片已获成功。在2003年，《济公》的10分钟样片《飞来峰》就被制作出来了。《飞来峰》推出之后社会反响良好，吸引了日本、韩国、新加坡及欧美投资商和发行商的关注，并且获得了2004年全国CG动画大奖、首届中国动画成就奖提名。该片还经常被放在杭州的公交车上的壁挂电视机播放，据调查，有95%的乘客都很喜欢。

动画原本是孩子的节目，让济公传说借助孩子喜闻乐见的形象出现，是新时期济公传说的新的版式，对于宣传推动济公文化、传承济公精神可以起到积极的作用。

目前，30集电视连续剧《济公新传》又开拍了。由张默、张澜澜、韩雪、张国立等人主演，在浙江天台国清寺开机后，辗转新昌、横店影视城等地拍摄。在天台县的大力支持下，很快，天台就与浙江华新影视有限公司和北京国立常升达成协议，拍摄过程中“国清寺”、“石梁飞瀑”等随实景进入电视画面，并在每集片头的主题曲中，出现“国清寺”山门和

“石梁飞爆”的实景。每集片尾歌词中，出现“济公出生于天台山（永宁村）”相近内容的歌词，第一集片头出现同样内容的字幕。此举的目的是天台地方为了保护济公传说的文化原生态。

从神像、雕刻到绘画

济公的影响随着传说扩大，随着影视而升温，因时因事因对象的不同而被改编。同时，济公的形象和故事也被人们用各种不同的材质生动地表现出来，为济公文化的传播起到了一定的作用。

济公是个出家人，各地风格不同的济公的神像其实是济公传说的另一种形式。这些神像不管是铁浇的还是铜铸的，都以神似突出济公神韵为宗旨。（详见书中各地济公神像）它们除了体现济公的主要性格特征、精神风貌外，有的还含有一定的情节。传说中济公的几样宝物更是每个神像都不可或缺的。

济公雕刻

和神像类似但性质不同的还有各类济公雕刻。木雕、根雕、玉雕、石雕等各式各样。从济公传说的角度看，它们也是济公传说的负载物。

这件竹根雕济公通高 36. 5 厘米，作者利用竹根部雕刻成

济公神像

济公半身像，下面用整竹雕成一个大大的酒缸，济公右手执杯，左手执壶，神态憨喜，整体雕刻手法比较洗练，在衣纹等线条处理上，用刀果断。专家评述说这件作品是非常大的一件竹根雕，这是很不容易的，因为竹根雕是非常难雕的。首先它是圆雕，圆雕就是逐渐地一刀一刀往下去，下刀要是不准确，就非常糟糕了。济公的像刻得非常随意，但是刀法是非常挺拔的。这个雕刻是非常优秀的一个作品。游本昌先生在拍摄电视剧《济公外传》时从文物商店购得这尊竹雕济公像，从中得到启发，并在第七集的表演中得以运用。据说游先生收藏了很多关于济公的艺术作品，他偏爱竹、木作品，认为这种材质更符合济公的人物特征。

济公绘画也是早已有之。

在天台召开的2004年中国济公文化旅游节上，三位与济公有关的人物引起了媒体关注。三位人物都因济公而闻名，人称“济公三杰”。著名表演艺术家游本昌因“演济公”而妇孺皆知，中国工艺美术大师高公博因“雕济公”而声名鹊起，画家戴云辉则因“画济公”而闻名遐迩。三位各施绝活的高手因

瓷器济公

竹雕济公（游本昌收藏）

济公聚在一起，一时成为美谈。

演济公、雕济公、画济公，“济公三杰”中除游本昌外，其他两位都是温州人。高公博是乐清人，戴云辉则是温州市区人。戴云辉早年毕业于温州一中，后在中央美术学院华东分院及上海戏剧学院舞台美术系深造。毕业后，在金华日报社供职。他们三人原先并不认识，是“济公”让他们走到了一起。

游本昌和戴云辉同是上海戏剧学院的校友，所以，在另一

济公（国画）（戴云辉作）

幅《济公》图上，游本昌题了“艺缘”二字。或许正是这个缘分，戴云辉的脑海里经常装着个“鞋儿破，帽儿破，身上的袈裟破”的癫僧济公。戴云辉认为，济公是老百姓所喜闻乐见的人物，他幽默风趣，豁达乐观，路见不平就挺身相助，鄙视嘲讽那些见钱眼开、见利忘义的势利小人。所以戴云辉有心要画济公系列国画，以表达自己对这一民间传说中行侠仗义人物的钟爱。

因为平时济公形象经常在脑海中出现，所以戴云辉挥笔画济公，全神贯注，一气呵成。戴云辉笔下的济公，有云游、诵经、躺卧、搔痒等各种姿势。粗粗一看，歪戴僧帽，不修边幅，邋里邋遢的样子；细细观之，济公却是个美男子，生动的脸庞，高高的鼻梁，笑口常开，颇为俊美。难怪朋友们喜爱，求购者不少。

戴云辉打算画一套济公系列图。十多年下来，大大小小的济公图早已画了几百幅，可他还是不满意，“画一两张精彩不算啥，要的是张张精彩”。

为了这张张精彩，张张与众不同，戴云辉把心思用绝了。为了感悟济公，戴云辉四处“化缘”寻找行头。一个近半米高

济公戏鱼（国画）（戴云辉作）

的大葫芦是从磐安的大山里找来的，破蒲扇是从烧蜂窝煤的老太太手里得来的，还有僧衣僧帽是特意请戏剧服装行家定做的。

道具齐了，戴云辉就入戏了，换上僧衣僧帽，摇蒲扇，敲木鱼，揣摩济公假痴不癫的种种情态。由此可见戴云辉画济公之痴了。

听人说，东南亚一带济公文化很流行，戴云辉就带着照相机、摄像机、画夹，前去云游取经。在新加坡一住就是个把月，还去过缅甸、泰国、中国香港、中国澳门等国家和地区。至于苏杭一带的济公庙、济公殿，戴云辉更是不肯放过了。这还不算，外出时只要看到有像济公的人，他必将其“写下来”，旁书“此公有点似济颠和尚，留存可作参考”。戴云辉这个济公迷把当地电视台都给感动了，专门为他拍了一个专题片，叫《戴云辉的济公像》。

十来年前，戴云辉的济公画还曾在第一届世界华人艺术大赛上得过奖呢，并荣获“世界杰出华人艺术家”的荣誉称号。

中国横店影视城还为其开辟了“戴云辉济公艺术馆”。2005 年戴云辉以中国美术学院画家的身份赴法国国际艺术城考察交流，法国东方博物馆特别收藏了戴云辉的一幅《济公》，作为对中国艺术家匠心独运的人物创作的充分肯定。

济公活佛（喻春华画）

从民间传说到评话小说，从影视剧作到绘画雕刻，不管是对成人读者还是对少儿童稚，济公的故事已经穿越时空限制，忽略老少差距，滋养多种艺术形式，真正形成了一种“济公文化现象”。济公传说的深远意义已经越来越被人们深刻地认识到，2006 年，《济公传说》入选国务院公布的首批国家级非物质文化遗产名录就是明证。为了拯救收集济公最原生态的典故，2004 年，天台县政府在财政不宽裕的情况下为济公传说的抢救、收集拨款 100 万元。研究数十年济公文化的许尚枢老先生集中了一批高龄老人，对济公传说进行回忆和叙述，及时抢救和梳理了济公传说，也让这一民间喜闻乐见的口头文学从而代代传承、生生不息。

第六章

我们生活中的济公传说

传说虽是民间文学的一种形式，同时也是民俗生活的一项内容。影响巨大的传说会成为特定时代、特定区域人们精神生活的重要内容之一。当然，传说本身也成为一道亮丽的地域文化风景。在中国内地，传说中的济公以一种“人间神”的形态为广大民众所崇拜。他既源自于佛教文化又有别于佛教文化，济公成为人民大众向往平等、和谐、幸福生活的精神偶像，他的形象为人民大众所喜闻乐见。济公的文化精神，对社会道德和民众心理也起到了一定的约束和规范作用。

济公传说与今日天台文化

在济公的故乡，济公的传说代代相诵，人们对济公的认识也越来越深刻、具体。民众自发的济公故居的修复重光、频繁精彩的济公文化活动一浪高过一浪。中国济公网更是借助现代科技使济公宣传产生了质的飞跃。济公网民遍及世界各地，每天访问者几千人。本书中的许多资料都是从济公网采集的。以下是该网站站长徐有波先生给本书编者发来的简介。

中国济公网（www. tt1890. com）是经国家信息产业部备案（备案号浙 ICP 备 06022146 号）批准，全面宣传济公文化、介绍天台山旅游的综合性公益网站，网站开通于 2004 年 5 月 11 日，创始人是天台籍青年徐有波。网站立志于保护济公文化原产地，即美丽的天台山。作为济公“活佛”的降诞之地，它是济公文化的原产地和根源。宋时复杂的历史背景、天台山淳朴的民风、虔诚的佛教文化都是济公活佛产生的必然条件。网站通过定期组织网友外出自助游的方式，在景区开展各种宣传济公文化活动，倡导“在宣传中旅游，在旅游中宣传”的独特宣传形式，给爱好济公文化的网络青年创造了一个良好的交流平台。同时举办各种文化沙龙、知识竞赛、文艺晚会等，加强本地研究济公文化人员的培养和素质提高。得到社会各界的普遍关注，也引起各媒体的重视。2005 年 5 月网站管理员接受了中央电视台《走遍中国》摄像组的采访，2005 年 11 月网站管理员参加了由张国立执导的《济公新传》摄影组授权的天台群众演员筛选活动。立足天台，着眼全国，面向世界。中国济公网将坚持以无私、环保、爱心为主题，运用网络新技术，努力将济公文化做大做强。

“济公故居”，坐落在天台城关北门原云华楼黄金地段，共

济公故居

分三大主体。中间部分是巍峨壮丽的李府，所以屋舍为高规格的南宋天台三进九明堂结构。西面部分为“观霞阁”，五层三十多米高，全部硬木结构，阁周围雕九龙和天台八景。登阁举目四望，近可看到济公出生地永宁村石墙头、读书处赤城山和出家之处国清寺，远可望见著名的天台山胜景。东面陇西园，由济佛殿、醉仙楼、济公药铺、葫芦池和假山飞瀑组成。史载济公祖上是陇西人，家有陇西园，为李府私家花园。此园西连故居，北依赭溪，是济公少时嬉戏玩耍之地。

走进济公故居，只见亭台楼阁，湖泊水榭，回廊曲桥，假山飞瀑，布局精巧，技艺精湛，令人叹为观止。李府正门照壁上四个精致石雕，两侧“五老看图”、“竹林七贤”的木雕，以及“百鸟朝凤”、“九狮八骏”等，工艺精美，令参观者赞叹不已。故居周围的百米画廊，将北方宫廷之堂皇和南方苏州园林之精巧相结合，既大气又细腻。修复工程云集了全国一流的能工巧匠：彩绘出自常年参加北京故宫、清华园、中南海施工的彩画大师之手；石雕名师，请自福建；木雕大师，邀自东阳。还有砖雕、灰雕，现在民间已很少见。

修复济公故居，一没有靠财政拨款，二没有从民间集资，而是通过改造古城，拆迁赤城路上68家企业，通过转产、重组、拍卖、安置等环节，从土地增值金中拿出一小部分完成的。从济公故里人的举动中，我们再一次看到了济公的精神。济公故居负责人裴菲先生自然是一位济公专家，据说当地人直接称之为“济公”。这位“济公”已经自费出版了两本济公研究专著，他不辞辛苦奔赴各地调查研究济公传说和济公信仰，慷慨赠与济公资料。本书不少文字直接选自裴菲先生的新著《走出天台山的济公》。

济公传说与民众日常生活

随着济公传说的传播，济公风物的传说以及和济公有关联的事物也引起人们越来越多的关注。这是济公传说借助有形物质在现实生活中的显现。

卷饼筒

卷饼筒相传为济公所创。济公在国清寺为僧，见每餐剩下很多菜肴，就把这些菜肴裹在糊拉拖皮里供下一餐食用，受到僧众欢迎，而被提拔为衣钵僧。这便是饺饼筒的来历。此后每逢岁时佳节，乡民往往把“饺饼筒”当做祭品。尤其在清明节、七月半、大年夜的时候，更是不可缺少。

饺饼筒

“饺饼筒”做得讲究点，人们称之为“五虎擒羊”，就是以肉片、猪肝、蛋皮、鱼肉、豆腐片等分别与金针、木耳、粉丝、笋丝、菜梗等依照一定顺序放在糊拉拖皮上卷制而成。把它烤得油光发亮，是最好的下酒物。不会喝酒的，以饺饼筒和粥而食，味道也很不错。

无锡肉骨头

无锡肉骨头

“无锡肉骨头”名闻各地，畅销全国，尤以“三凤桥”产销的酱排骨为佳。其色泽酱红，肉质酥烂，骨香浓郁，汁浓味鲜，咸中带甜，充分体现了无锡菜肴的基本风味特征。传说，无锡肉骨头创制于宋朝，还与活佛济公有着一段不解之缘。

济公活佛

一天，无锡城里来了一位身穿道袍、手持破扇的讨饭人。走进一家熟肉铺，向店主讨钱。店主对他说："要钱没有，就给你块肉吃吧。"于是便提起一块斤把重的熟猪肉递给这位讨饭人。原来他就是传说中的活佛济公。济公接肉就吃，吃完了又向店主要，就这样吃了要，要了吃，终于惹得店主不高兴起来。他说："肉都给你吃光了，我明天还卖什么呀！"济公便接过话题爽朗地回答道："卖骨头呗！"说罢，就从破蒲扇上拉下几根蒲筋，裹起几根啃剩下的肉骨头，交给店主，并对他说："用这几根蒲筋和肉骨头一同烹煮，我吃掉的肉会加倍奉还给你的。"店主闻言，上下打量了一下眼前的这位讨饭人，觉得他不像开玩笑，但仍是将信将疑。次日清晨，起来烧肉时，他抱着不妨一试的心理，将济公交给他的蒲筋和骨头放入锅里煮烧。谁知很快便从锅里喷出一股扑鼻的肉汁香味。他打开锅盖一看，但见满满一锅带有精肉的骨头在冒着诱人的香气。取出一尝，肉质酥烂，鲜香浓郁，店主好生奇怪。邻居们闻讯也赶来观看这一奇事，并纷纷品尝，无不觉得异常鲜美。

从此以后，这家肉铺就开始经营起肉骨头生意，赚了不少钱。清朝时无锡南门“莫兴盛肉店”的酱肉排骨颇受欢迎。后来三凤桥附近的“余慎肉店”为了扩大买卖，争得市场，高薪聘请了几位烧肉师傅，并在吸取前人和其他肉店烹制肉骨头的经验基础上，改进选料、调味、操作方法，所以到了清末，三凤桥肉骨头就已名扬天下了。

济公山

济公山是海南省澄迈县近年开发建设的一个旅游区。

游览济公山，先是观赏它那天生地造的奇岩怪石。沿小道穿过山脚茂密的树林，从石板小径攀登上山。山上有块约6米高的巨石，你一看便不由地叫“哗！济公”。看巨石的模样，那歪歪破破的毡帽、高高的鼻梁、笑眯眯的眼睛、滑稽的嘴巴、颠荡的身态等完全同济公一模一样。天地造物神奇无比，澄迈县红岗农场境内有酷似济公半身侧面像的“济公山”，引人寻趣无穷。石像坐东南朝西北，其头戴破帽，颈挂佛珠等酷似电视剧《济公》中济公的造型，与历史资料和传说也十分相像。其形其貌，鬼斧神工，天工使

济公山

然，举世无双，令人叹为观止，堪称天下一绝。

济公山拥有的七十二处石景中，形神极具特色的还有“济公脚印”、“八卦扇”、“龟驮金蛙”、“鲤跃龙门”、“百变猴王”、“乌猴云影”等。

济公帽石

喇嘛洞山顶上屹立着一块像济公帽子的岩石，山东坡角下又有一块被劈成两半的巨大岩石。据说很早以前，山下村庄经常闹鬼，弄得百姓不得安宁。有一天，来了一位化斋的道人，百姓求他降妖捉怪。道人来到山前巧遇妖怪躲在一巨石旁藏身，道人口念咒语警告妖怪不要到屯中捉弄百姓，为恐吓妖怪，向巨石猛劈一扇，一道火光把巨石劈成两半。妖怪见道人功夫超群不敢应战，一溜烟地跑向山顶，道人摘下帽子将妖怪扣压住，为降伏妖怪使村庄永久太平，道人将这顶帽子神化为岩石屹立至今，从此村庄太平了。原来这位道人就是济公。所以人们为纪念济公降伏妖怪的功绩，将这两块巨大石头，一块称为“济公帽石”，一块称为“扇劈石”，至今屹立在海棠山森林公园内。

多少年来，遍布于世界各地的华人和港澳台地区的同胞，对济公的崇拜与敬仰之情有增无减。特别是改革开放后，前来祖国大陆朝觐、祭拜济公的信众络绎不绝，与日俱增。天台山济公故居修复重光后，瞻仰、祭拜“活佛降诞地”的国内外游客信众更是纷至沓来。随着《济公》电视连续剧的播放，济公这位天台籍的禅僧，已经由中国人民心目中戏佞惩恶、扶危济困的“活佛”，风靡五洲，俨然成为以破蒲扇作武器的“佐罗”，成为世界上知名度高一档的人物。一位名叫戴文琛的法国留学生，为扩大济公在世界的影响，编写了一本有关济公的小册子，还特地从天津南下，辗转寻到济公故里，搜集有关的资料。

济公岩

济公传说与港澳台济公信仰

济公近于平民的形象，无私利他、打抱不平、惩恶扬善的品质，是他受到德教信众崇拜敬奉的内在原因。济公的形象通过民间的传说和文学艺术作品的渲染，广为传播，深入人心，济公得到了人民的崇敬和喜爱，成为他们的感情寄托和希望的化身。

来自世界各地的济公信众在济公巡游纪念活动中

在祖国的宝岛台湾，济公崇拜和济公文化的传播是表现得非常突出的社会现象。台湾“大家乐”盛行期间，济公成为乐迷最信仰的神明，当时不但祀奉济公的庙宇倍增，连扮济公的阵头、乩童都大量增加，济公所“报”的明牌更是炙手可热，广受采信，到济公坛求明牌的乐迷也络绎不绝。其原因乃在一般佛、道正神，不会鼓励信徒赌博、违纪，只有放浪形骸、不拘小节且喝酒吃肉的济公可以接受赌博行为；其次，许多素行不良的信徒可以为自己的不法行为找到借口，和尚吃肉、喝酒可以成佛，信徒赌博、吸毒应该也可能被宽恕。济公“三八搁好凑阵”的属性，使得大家乐流行期间，济公信仰在台湾民间造成狂热。

两千多万台湾同胞中，信奉济公的占到了三分之一以上。在台湾，从最北端的基隆，到最南端的垦丁，从西海岸平原到中部高山，无论是城市或乡村，民众的济公崇拜无处不在。在台湾八百多万济公信众中，家中为济公设香案、供济公像是十分普遍的现象。在台湾社会中，济公庙、济公堂、济公坛很多，而且还存在一种现在中国大陆已很少看到的现象：几乎每一处供奉济公的庙宇或社区内，都有一个活的“济公师父”，那就是“乩童”。乩童有男的也有女的，有些乩童装扮成济公的模样，对信众所求，有求必应。在台湾，济公文化精神的传播是广泛而深入人心的，而且对人们的道德教化和促进社会的和谐也起到了积极的作用。

济公传说与东南亚的德教会

在东南亚，济公崇拜和济公文化的传播主要活跃于民间宗教组织——德教会。德教是起源于中国广东潮汕地区、流传并发扬于东南亚特别是泰国、马来西亚和新加坡等地的华人中的一种新兴的民间宗教。德教会是德教的最重要的宗教组织形式，它是以“阁”或“善社”等为单位、经政府合法注册的宗教组织。在新、马、泰三国已发展至约两百个，“德友”数以万计，成为凝聚华人、振兴传统道德、倡办慈善福利事业、交流信息、合作互助、增进友谊的重要宗教组织。

德教的神灵世界称为“德德社”，是德教所崇奉的诸佛仙尊的总称。因为德教主张“五教同宗”，“诸教归一德”，所以他们所崇奉的仙尊也非常多，包括德教所崇奉的儒教、佛教、道教、基督教、伊斯兰教及民间信仰中的各路神灵。其中，重

济公活佛

要的有玉皇大天尊、关圣帝君、五教教主以及柳春芳、杨筠松、张玄同、吴梦吾四位掌教师尊，还有道济天尊（即济公活佛）、八仙之一的吕纯阳祖师等德教社师。济公活佛在德教中通常被尊称为“道济天尊”。表面上看，济公在德德社仙佛师尊中，其地位逊于五教教主、玉皇大天尊等，甚至不及柳春芳等四位掌教师尊，但实际上，“道济天尊在德教普受德教门徒敬仰与爱戴，地位崇高，是德社虔诚供奉的师尊之一，亦是德教济系的主坛师，众方来朝，万人景仰”。济公像是德教会阁经常供奉的神像之一，广大的德教会友们更是将济公像安置在家里甚至带在身边，朝夕礼敬。

在德教扶乩的过程中，经常驾鸾前来降谕的并不是德教所敬奉的五教教主和玉皇大天尊，而恰恰是济公活佛。因此，通过扶乩，济公经常显灵降谕，显示有关德教所宣说的种种教义教理，指导德教的活动，为德友们指引迷津。在降鸾过程中，济公常自称为“师李修元”、“师活佛”、“活佛”、“道济”、“道济李修缘”、“南屏古佛”等。

在德德社诸佛仙尊中，为什么济公具有如此突出的地位呢？原因应该是多方面的：

其一，德教会在发展过程中，形成了几个不同的派系，有紫系、济系、振系、明系和赞化等。其中，紫系和济系是影响最大的两个系，拥有众多的德教会阁和信众。在这两个系中，拥有目前德教中最优秀的乩手，他们的扶乩活动在德教中享有很高的声誉。而济公活佛恰恰是济系的主坛师，也是紫系的主坛师之一。主坛师是德教在设坛扶鸾时所迎请的驾鸾降谕的主要神灵，作为主坛师，济公当然要经常前来，神灵贯柳，乩示圣训。而德教的许多大小事宜，都经常采取设坛扶鸾的方式，祈请仙尊指示，济公就必然经常奔走于各地，答疑解惑，扶危济困。

其二，济公的平民形象，其平易近人、打抱不平、扬善惩恶的品格，是其受到德教信众崇拜敬奉的内在原因。德教倡导的基本教义，如“以德化民”、“济世扶危”等，与济公的精神是一脉相承的。

其三，德教是发源于中国广东、广泛流传于东南亚华人中的新兴宗教，其信众绝大多数都是当地的华人、华侨及其眷属。虽然德教标榜五教同宗，天下一家，但这实际上是为了适应东南亚各国的宗教文化环境而采取的一种策略、一种变通。如泰国奉佛教为国教；马来西亚是伊斯兰教国家；新加坡推行宗教平等，中国传统的儒、释、道和基督教、伊斯兰教甚至印度教在那里都有信徒。倡导五教同宗，可以使德教这一新兴宗教在当地取得合法的地位。而实际上，德教的基本教义、宗教仪式，他们所推崇的伦理规范、所崇拜的神灵，毫无疑问是中国传统宗教的混合体，是儒、释、道三教合一的中国民间宗教的一种。因此，明清以来在中国民间广泛流传的关公、济公、吕祖、观音等各路神仙自然成为德教所崇奉的主要神灵。

众所周知，扶乩是一种流行于民间的迷信活动。但是，对德教而言，“神道设教，乩示圣训”，则是“德徒之崇高信仰”，“乃道德教育之工具”，“神人相通之道径”。济公等德教诸佛仙尊的乩谕被誉为“玄柳宏音”、“沙鸾天书”，是广大德友信受奉行的圣典。通过对德教及其济公崇拜的考察，可以看出，其中既有宣扬鬼神迷信等荒诞愚迷的一面，又有弘扬和传承中国优秀传统文化和美德的积极内容。

在东南亚国家的华人、华裔社群和港澳台地区，宗教活动也可以看做是社群团结的象征。当人们祈求经济充裕、事业兴旺、家庭平安幸福的时候，所供奉的神明恰恰又是同一来源的社群所共同信仰的对象。把乡土信仰带到一个新的地方，可以缩短新居留地和本乡间的地理与精神差距。神明世界所代表的伦理道德，也有维护和巩固社会秩序和影响个人意识取向的意义。在祖国大陆之外的每一间庙宇、每一个宗教信仰组织，既有维护原乡传统的功能，又扮演了共同信仰中心的角色，它其实也为巩固中华民族异地团结、凝聚社会力量起到了十分积极的作用。

济公禅师

但是，中国内地的济公传说文化与港澳台地区及海外济公文化在表现形态及认知方面，存在着相同点与不同点。裴菲先生认为：

一、表现形态及认知的共同点

（一）济公的外在形象大同小异，基本上以其颠狂不羁、扶危济世的形态来表现，装束及随身宝物（葫芦、破扇、佛珠等）也相类似。

济公活佛

（二）对济公的事迹（故事传说）的了解，大都来自于《济公传》；对历史上真实的道济生平家世的了解，都不是很普及。

（三）在佛教信仰的认知上，都较一致地表现为济公有与诸佛相比较的独特性，为民众所喜爱和乐于接受，具有平民性。

（四）对济公的出生地及家族背景等都缺乏比较普及深入的了解。只知道济公，不知道济公的故乡是天台，甚至认定济公是杭州人；只知道济公是得道高僧，不知道孕育产生济公“活佛”的深厚的家族背景和历史文化背景。

二、表现形式及认知的不同点

（一）内地对济公精神的理解侧重于其扶危济困、打抱不平和神行异迹方面，海外对济公精神的理解则比较侧重于“德教”方面。

（二）内地单独供奉济公的宗教活动场所相对较少，海外特别是东南亚地区单独供奉济公的殿、堂、庙、坛、会较多。

（三）内地信奉济公的信众很少有团体组织；而海外特别是东南亚地区信奉济公的信众大多都有其团体组织，诸如济公堂、德教、紫阁等。

（四）海外供奉济公的宗教活动场所基本上都有“活济公”——尊称为“师父”，在举行宗教活动时，上坛的“师父”完全装扮成济公的模样，并代表“济公师父”说话、行事；内地则极少有这种形式。

相对来说内地对济公普遍有点神化了（除研究专家学者外），而海外对济公的了解比较接近历史人物原型。可能是由于内地对济公的了解大多来自济公传说和以行侠仗义为主题的电视连续剧，而海外对济公的了解可能来自对历史的诠释。

济公传说与文化遗产保护

济公传说以各种不同的方式对当今人们的生活发生作用。从宗教信仰角度看，济公传说加速了济公偶像崇拜的产生和发展，深化了人们对济公文化的思考。济公活佛偶像的出现，有许多的历史机缘。处于封建专制社会底层的劳动人民，是艰难困苦、任凭宰割、无可奈何的弱势群体，面对社会不平等制度和社会不良现象，他们内心深植着“救星意识”和偶像崇拜。在济公身上折射出的种种文化元素，正是老百姓的意愿与希望所在，成为时代的发光点，所以人们选择了济公，使他的形象、他的精神得以广泛而久远地传播。八百年的济公传说，无形中成为中国文化中一笔宝贵的非物质文化遗产。

关于在新时期保护、弘扬济公文化的积极意义、现实意义，裴菲先生有着比较全面而又具体的阐述。照录如下：

1. 弘扬济公文化，发挥其对建设和谐社会所具有的推动和促进作用。济公精神也是民族精神和灵魂之一，它对于塑造民族的品格和风貌，对于增强民族凝聚力、向心力有着不可替代的作用。而蕴涵于济公文化之中的中华民族精神就是在中国传统文化基础之上产生的民族优秀品质的体现。济公文化是和谐文化，和谐文化是和谐社会的重要构成条件。济公文化与和谐社会这一辩证统一关系，决定了我们在建设和谐社会时，要充分发挥济公精神的传统文化教育作用。以济公精神吸引人，将全社会不同阶层的人凝聚起来，调节社会矛盾，理顺情绪，优化环境；以济公精神教化人，加强人的思想道德、社会公德、职业道德、家庭道德教育，在全社会形成团结互助、平等友爱、融洽和谐的社会氛围和人际关系。

2. 弘扬济公文化，发挥它对民众道德和心理的规范与约束作用，有利于国民道德素质的提高。文化，也是指一个群体或社会所共同具有的价值观和意义体系，是其理想、价值观、生活习惯、行为方式等的总和，是创建全体国民道德素质的重要基础。我国在现代化进程中，社会结构发生了深刻变化，经济快速增长，利益关系不断调整，利益格局复杂化，价值观多样化。毋庸讳言，近 20 年来也逐渐出现了很多社会道德和价值危机、生态危机，腐败滋生蔓延，贫富两极分化，生态环境恶化，社会信任缺失，犯罪率上升，中华传统美德遭受挑战和破坏。这些发展中的问题使人们在享受物质生活日益现代化的实惠的同时，也承受着精神上的煎熬……济公文化精神中的“无私利他”、“道济天下”等内容，同样可以丰富当今人们的精神内涵，提升人们的文化精神，为使人们拥有良好的精神风貌、振奋的精神状态、高尚的道德情操，奠定和谐社会的精神基础，提供有益和有效的帮助。

3. 弘扬济公文化，传播济公精神，增进中华民族的大团结，有利于促进祖国和平统一。中国作为东方的文明古国，在漫长的历史发展过程中形成了以“和”为核心的、博大精深的民族传统文化，在其源远流长的历史中，充满了辉煌与苦难、成就与挫折。这一切，深刻地联系着每个中国人的心，决定着他们的思想感情，因此可以说，中华民族文化既是海内外中国各族人民的精神支柱和文化基础，也是历史、现代和未来人类共同的宝贵财富。中华民族的子孙，不管生活在哪个国家、哪个地区，哪种社会制度下，对济公的尊崇是一致的。对济公的尊崇，在东南亚国家和港澳台地区尤为突出。近几年来，海外和港澳台地区前来大陆朝拜济公的民众与日俱增，天台更是济公信徒寻根问祖的圣地。

4. 弘扬济公文化，打响济公品牌，促进社会经济和文化的发展。济公传说也是活态的中国文化遗产。济公文化不仅是地方文化的品牌，也和民众的生活有着密切的关系，济公文化已经对促进社会的经济和文化建设产生了作用，还将继续对人们的思想、生活发生更大的影响。

第七章

济公传说和其方圆思想

2006年初，中华人民共和国国务院公布了首批国家级非物质文化遗产名录。在民间文学遗产的第11位赫然写着“济公传说”四个大字，申报单位为：浙江省天台县。

的确，济公传说已成为中华民族传统文化的一笔宝贵遗产。在中国民间，被尊称为“公”且享有祭祀的人物并不很多。最为著名的中国历史上的“三公”，都以一个“义”字感人至深。他们是“正义”的包公，“忠义”的关公和“侠义”的济公。三公之中，济公虽是佛门圣僧却最具有世俗情味，因此，百姓对济公既敬又亲。混迹世俗之中的济公更多时候是芸芸众生的一个朋友。

我们已经知道，有关济公的传说，在南宋时代即已开始流传。先是凡俗神童李修元或是得道高僧道济的一些富有传奇色彩的片断故事在民间口耳相传，后来通过说书人的话本说唱，内容逐渐丰富。在济公故乡天台一带流传的多是济公的出世、童年生活、戏佞、惩恶、扶困济贫等故事，其中如《济公出世》、《小济公芥菜叶泼水救净寺》、《利济桥》、《棒打寿联飞》、《赭溪救童》、《修元出家》等广为流传。而在杭嘉湖一带流传的故事内容更为广泛，这是因为那里是济公出家后的主要生活和活动场所，其中以《飞来峰》、《古井运木》、《戏弄秦相府》、《济公匿池》等故事最为脍炙人口。至明末清初，出现了一部描写济公传奇事迹的《济公传》。济公活佛的故事逐渐风行全国，脍炙人口，几乎老幼妇孺皆知，常作美谈。其神奇、怪诞、放荡不羁的经历，再经过筛选、渲染、创造，济公的个性更趋鲜明、完整，以后进入小说、登上舞台，出现在影视屏幕上，终于成为民间文学中一个不朽的有世界影响的艺术形象。

济 公

南宋至今这八九百年间，我国佛菩萨小说成书五十余部，唯有有关济公的故事愈编愈长，至今《济公传》一类读物还在各处出版。据天台济公研究专家许尚枢先生查考，《济公传》已收至第40编，共1755回，12册，580万字，卷帙之浩瀚，令人叹为观止。

20世纪80年代，电视剧《济公》的主题歌响遍了祖国的大江南北，人们唱着"哪里有不平哪里有我"，神往着济公的侠行义举，品评着济公的无私、无畏和无我，心中充满了对济公的喜爱和崇敬。济公的人格、思想、行为，感染了亿万受众。济公的家乡在他幼年读书的赤城山上，新修了济公院，重塑了金身。杭州净慈寺重修了济佛殿，杭州虎跑寺兴修了济公亭。据说海峡彼岸的台湾，修建了一千三百多座济公堂。天台县还着手修建了济公苑，凡此种种，再次掀起济公文化潮。在济公的老家，修建济公故居，成立济公文化研究会，兴办中国济公网，把济公传说的积极意义进一步强化，将济公文化进一步发扬光大已经成为济公家乡人义不容辞的责任。

那么，广大民众为什么如此爱读爱看爱听爱讲济公的故事呢？

答案可能只有一个：人们希望人间就有这样一位济公，他法力无边，扶贫济困，除暴安良，大公无私，永远和弱势群体一条心；他是智慧和力量取之不竭的源泉，真理的化身，公正的象征。这样一个不守僧规、疯颠一世的僧人，百姓却都愿意许为圣僧、奉为至神至美。其实，这也是许多民间造神的一个

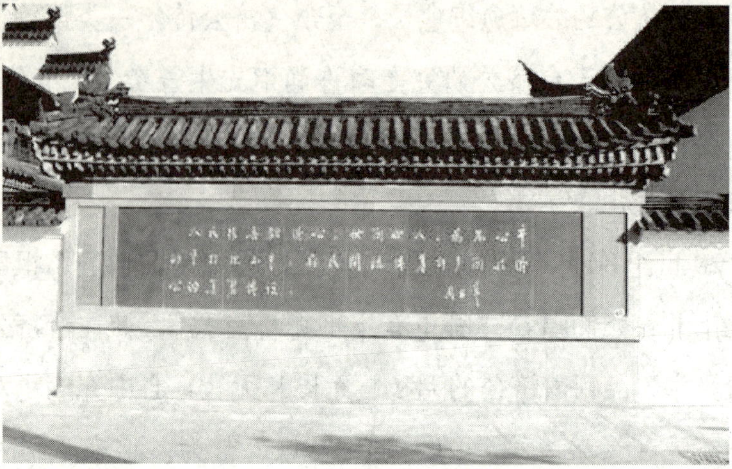

周恩来总理题词

主要原因。当然，神不能凭空而来，好比要塑一尊如来，必须先有一个骨架，没有它，塑造就无所凭借。济公传说塑造济公的形象，其骨架就是浙江天台那个活生生的道济和尚的才学、个性和人格。这已被流传在民间的济公的全部传说所证实，是毋庸置疑的。正如周恩来总理所说："人民很喜欢济公，他关心人，为不公平的事打抱不平。在民间流传着许多关于济公的美丽传说。"

但是，不管济公传说是如何的轻松幽默，济公的内心始终是信佛崇道的。这也是作为僧人最为突出的一点。台湾学者南怀瑾在论及中国文化历史笼罩着儒释道三家的思想时，作过一个通俗的比喻：儒家像粮店，离开了没有饭吃；佛家像百货店，人生所需，进去都能找到；道家像药店，生了病就非上门去不可。这比喻很有道理。济公本是佛家，他在到处碰壁之中发现“世法难有”，结果是“哄哄的动中讨埋怨”（《西归口颂》），开始怀疑佛法，所以他在《酒怀》中说：“想一想，菩提心总是徒劳；算一算，观音力于人何益！”进而嘲弄起它来，在《赠冯太尉》一诗中说：“坐看弥勒空中戏，日向毗卢顶上眠。撒手须能欺十圣，低头端不让三贤。”对道家生活他早就心怀恋羡之意：“羽衣读黄庭，内景宜自修。蓬莱隔弱水，九转即可求。”（《游洞霄宫》）他甚至向往起神仙张果老的生活：“有一日，倒骑驴子归天岭，钓月耕云自琢磨。”其实这并不奇怪，他的世界观十分接近道家，在《致少林长老书》中说：“虽世事有成和毁，但天道无往不还。”这与《老子》所说：“物壮而老”、“万物旁作（普遍兴起），吾以观其……复归于是其根（本原）”的朴素辩证思想是一个道理。

有人认为，济公与佛教的关系若离若即。离者破戒之行昭著，得道家之要旨，又有儒者入世的实践，这与主张出世的佛家宗旨背道而驰，尽管他形名皆是佛徒。同时也有人认为结合中国佛教的文化特征对济公思想作深入的分析，就会发现亦俗亦僧、似俗实僧的济公，其实是有着独特的禅学思想的。放浪形骸的世俗行状和圣僧活佛的内涵矛盾地统一在若干济公传说故事中。济公是人，不是神；济公是传统中的颠僧，是大智大勇的得道高僧。济公身上所体现出的兼容兼善的特点正是中国传统思想文化的一个典型。但不管怎么说，济公入的是佛门，济公的佛性是他对禅义的独特理解。又据南京大学赖永海教授的《净慈道济与后期禅宗》一文所述以及民间济公传说，佛中的济公行状，济公的禅学思想主要有以下四点：

1. 禅非坐卧，佛在自心

慧能南宗禅是济公思想的一个重要来源。据《济颠僧传》记载，当济公不能忍受坐禅的辛苦，找他的师父瞎堂慧远禅师诉说时，曾说过这样一段话：

师父啊，坐禅本来是为了认识自己，但这么长时间以来，我整日坐禅，昏昏沉沉，却越来越糊涂了。静心修炼本来是为了磨炼自己的佛性，但这几天恍恍忽忽，更加看不清自己的本性。像这样睡觉不让睡觉，勉强坚持得驼背弓腰，站时不许站，强撑得筋疲力尽。到晚上，膝盖不能屈伸，深夜里眼皮睁不开；脖子不许歪不许侧如同戴着无形的枷锁；身子不许动不许移不是坐牢胜似坐牢；一旦支撑不住，就跌得鼻青脸肿，慌忙趴起。此苦实在难熬，而监督僧还要用竹片严打；佛祖洪恩博大，老师请快快救我的小命！

看来，坐禅真如桎梏牢狱，苦不堪言，它不但对人无益，而且简直是要人性命。从传统佛教的观点看来，这种说法也许有点离经叛道——因为传统佛教把坐禅看成是学佛修行的最基本的方法之一；但是，如果把济公对坐禅的这番描述与《坛经》中慧能对坐禅的有关论述联系起来，那么，二者就有不少相通之处。据《坛经》记载，当慧能听志诚说神秀的禅法主要是教人住心观静，长坐不卧时，就说："住心观静，是病非禅；

长坐拘身，于理何益!”并作一偈曰：“生来坐不卧，死去卧不坐；一具臭骨头，何为立功课。”这两段话虽然具体的说法不尽相同，但都蕴涵着一个思想前提，即“禅非坐卧”、“道由心悟”，就是说参禅之人不管是坐着还是躺着，悟道都是发自内心的。

在《济颠僧传》中，济公还屡屡说到学佛修行与外在的行为并没有直接的关系，例如他痛骂那些假装一本正经坐禅的和尚，坐得如泥塑木雕一般，又有什么用。认为，凡夫俗子，往往拘于形式，木然呆坐，其结果多属修皮不修骨；而利根之人，只要心中有佛，一切动作施为，都不妨碍真修。他曾以一句“他人修口不修心，我为修心不修口”来为自己饮酒食肉作辩护。这话虽然带有几分自我解嘲之意，但其注重“修心”的思想却由此可见一斑。

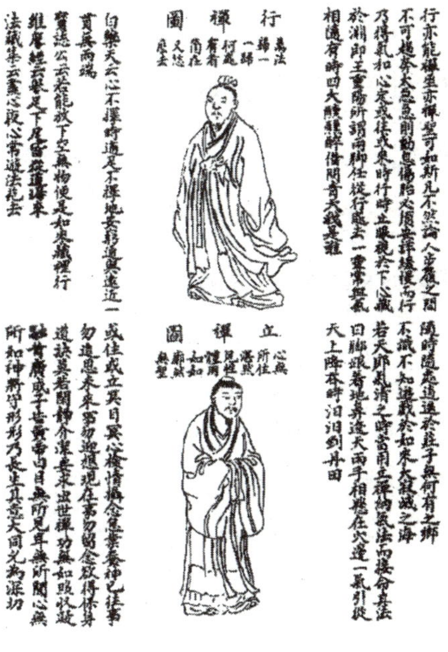

坐禅图

2. 性本天真，随缘任运

济公的最大特点，可以用一个“颠”字概括。《济颠僧传》有这样一句话："这济颠竟将一个颠字，认作本来面目。"此话可看做描绘济公的画龙点睛之笔。济公之"颠"，并非疯疯傻傻之"癫"，而是一种体现"本来面目"之"颠"。在济公看来，人的自然本性，由于各种礼教规矩、造作雕凿，大多数被淹没了，因此，一般人平时所表现出来的，大都是一种与本来面目相去甚远的虚假外表，只有那种看似违背情理不合陋俗的"颠"行，可以透露出些许人的本性天机、本来面目。这就像三岁的小孩，虽然幼稚无知，但所说所做，却纯粹自然；猿猴禽兽，虽然不懂任何规矩，但一举一动，都出自本性。这里不妨看看《僧传》中的一段记载：

有个和尚对道济说："你一个和尚，罗哩罗哩地唱山歌，是正经么？"

道济回答说："水声鸟语，皆有妙音，何况山歌！"

这个和尚又说："你是个佛家弟子，与猿猴同群，小儿作对，也是正经么？"

道济回击道："小儿全天机，猴子有佛性，不同他游戏，难道伴你这班袈裟禽兽胡混么？"

寥寥数语，把济公的思想底蕴和盘托出。"颠"也就是天然本性，实际上就是佛性之所在，绝不能舍弃天然的本性、本来的面目而更另外他求。基于这一思想，济公在修行方法上采取一种纯任自然、随缘任运的态度。正如下面济公信口而歌中所说的：

参透炎凉，看破世态。散淡游灵迳，逍遥无挂碍。了然无拘束，定性能展才。……初一不烧香，十五不礼拜。前殿由他倒，后墙任他坏。……学一无用汉，于我有何害？

《济公传》中更有诗曰：

着意求真真转远，痴心断妄妄犹多。
游人一种平怀处，明月青山影在波。

这种一任自然、不加造作的思想作风，很容易使人联想到后期禅宗的修行风格。禅宗自“五祖分灯”之后，它修行风格的最大特点，就是在“平常心是道”的基础上，提倡纯任自然、无证无修、随缘放旷、任性逍遥。济公修行理论之特质，则以“颠”为中介，“颠”出自性天机，“颠”出本来面目。两者的表现形式虽有小异，其实质则没有不同。因此，从修行理论、修行风格来看，济公的思想完全属于后期禅宗。

3. 混俗和光，注重济世

济公的思想还有一个重要的特点，即不像传统佛教（乃至传统禅学）那样注重隐遁潜修，而是既入世又出世，主张混俗和光，做一个红尘浪里的本源自性天真佛。

济公在历史上的影响，不像别的高僧大德那样，或以创宗立派传世，或以注解经论著称，而是以酒度人、以颠济众闻名于世俗社会。《济公传》中记载当时的皇帝曾钦赐济公十六个大字，叫做“疯颠劝善，以酒度人；普度群迷，教化众生”。这一评语倒真是对道济其人、其思想特点的一个形象写照。

济　公

考察民间传说中的济公，最以“专管不平事”和救人于危难之中而闻名，而且在救苦救难之时，大多带有三分醉意。这与传统佛教的“不参预（与）世事”、“不饮酒食肉”的告诫是迥异其趣的，但是与宋元时期的禅宗既出世又入世、主张混俗和光，盛行“土面灰头不染尘，花街柳巷乐天真”的行事风格正好相应。

济公每次行事，一定要先饮酒，大醉一场，然后趁着醉意，济困扶危。在《济颠僧传》中，济公屡屡大叫“好酒好酒，赛过甘露菩提”，并把儒家“食不厌精，脍不厌细”改为“酒不厌多，食不厌醉”。这当中自有济公的道理在，这就是他常说的“除非布施一壶，还了贫僧的本来面目，或者醉了，反晓得明白”。意思是说，人之酒醉，较诸清醒之时，也许更能显露出自性天机、本来面目，因此，更能体现佛陀的本怀和显现佛法的神通。近代印光法师对济公此论则另有一种解释，他说："其饮酒食肉者，乃遮掩其圣人之德，欲令愚人见其颠狂不法，因之不甚相信，否则彼便不能在世间住矣。"如果把这两种说法结合起来，那么，济公的饮酒食肉，实际上不是由于嘴馋贪杯，而是别有他的用意所在，亦就是借此混俗和光，入世济人。

济公传说中描写济公饮酒食肉乃至于混迹于花街柳巷的故事不少，但它丝毫没有给世人留下济公沉迷于酒色的印象，相反，倒使人觉得他颇有维摩诘居士"行于非道，通达于佛道"的风范。《济颠传》中两句诗偈，曰："俯仰人天心不愧，任他酒色又何妨"、"几回欲逐偷香蝶，怎奈禅心似铁坚"，很能反映济公饮酒食肉，不碍菩提的出污泥而不染的清高道行。当然，这种道行的最终依据，还在于诗中所说的坚似铁的"禅心"，或者用社会上流行的一句口头禅说，则是"酒肉穿肠过，佛祖心中留"，因为，心中有佛，自然语默动静、举止施为，都合于佛道。

4. 人生如梦，三界皆空

济公的禅学思想，还有一个重要的特点，即般若性空的思想贯穿始终。在济公传说以及济公传记中，人生如梦、三界皆空的思想俯拾皆是，请看《济公传》中济公在西湖苏堤上所唱的一首歌：

世人忙碌碌，都在一梦中。
也梦为寒士，也梦做庄家，
也梦陶朱富，也梦范丹穷，
也梦文章显达，也梦商贾经营，
也梦位登台鼎，也梦执掌元戎。
离合与悲欢，寿夭共穷通。
仔细从头看，都在一梦中。

更有一首宣扬世事皆空的信口歌曰：

南来北往走西东，看得浮生总是空。
天也空，地也空，人生杳杳在其中。
日也空，月也空，来来往往有何功？
田也空，土也空，换了多少主人翁。
金也空，银也空，死后何曾在手中。
妻也空，子也空，黄泉路上不相逢。
官也空，职也空，数尽孽随恨无穷。
朝走西来暮走东，人生恰是采花蜂。
采得百花成蜜后，到头辛苦一场空。
夜深听尽三更鼓，翻身不觉五更钟。
从头仔细思量看，便是南柯一梦中。

此外，如“人生天地常如客，何独乡关定是家”、“荣华总是三更梦，富贵还同九月霜”等诗偈警句，在僧传中更是屡见不鲜。实际上，济公尚未出家时那句语惊四座的“续题”——“净眼看来三界，总是一椽茅屋”就含有三界皆空的思想。至于《济公传》中描述济公回家探亲时所抒发之感慨，即：“兔走荒台，狐眼败叶，俱是当年歌舞之地；露冷黄花，烟迷剩草，亦系旧日征战之埸”，更成为后人感叹世事无常所屡屡引用的妙句佳语。其实，济公于日常行事中之所以多取游戏人生的态度，这与他看破红尘是密切相关的，正因为他“看破了本来面，看破了自在容，看破了红尘滚滚，看破了天地始终”，所以能够“跳出红尘，静观云水，醉里乾坤，壶中日月”。

人生如梦，三界皆空的思想在济公的禅学思想中占有十分重要的地位，这也是与中国历史上的禅宗思想特点相一致的。济公把酒肉之戒当束缚，视静功坐禅如桎梏，认“颠”为本来面目，视小儿为全天机，主张任性逍遥，“学一无用汉”，甚而认为明月青山，尽是佛道，水声鸟语，皆有妙音。这种思想与后期禅宗的性自天然、不加造作，随缘任运、无证无修的思想风格是完全一致的。

另外，后期禅宗思想的另一个重要特点，是进一步打破世间与出世间的界限，把出世与入世融成一片。这种思想至宋元时期有了进一步的发展，其中最突出的表现，就是进一步把佛教的世俗化、社会化，由前期禅宗的即心即佛，进一步发展为佛性的物化与泛化，所谓一花一叶，无不从佛性中自然流出，一色一香，皆能指示心要，妙悟禅机。这时的禅宗，不但淡薄

济　公

了世间与出世间的界限，而且混淆了有情与无情物之间的差别。不但不提倡出世苦修，而且大力宣扬“行于非道，即是通达佛道”；不但主张“既在红尘浪里，又在孤峰顶上”，而且崇尚“土面灰头不染尘，花街柳巷乐天真”。

后期禅宗的这一思想特点，在济公传说中有着十分突出的表现。有人认为济公传说中的济公如此任性逍遥、游戏人生，饮酒食肉、以颠济众，也许是一种纯文学艺术刻画，与佛教了不相干，或许是对僧人形象的歪曲和对佛教的嘲讽。实际上，这些都是一种误会。《济颠僧传》中道济的举止行事，虽然带有一定的文学色彩，但它完全是以宋元时期的禅师为原型的，具体地说，是以济公其人的事迹为原型的，在相当程度上带着深刻的宋元时代的烙印，是宋元时代禅宗思想的一个侧影。虽然宋元时期的禅师不一定个个都取“济颠”这种表现形式，但济公人品与才学与宋元时期禅宗的思想风格不但不相违背，而且正好相符。本书编者认为，只有这样去看待济公传说，去评价济公思想，才是客观的、历史的。

济公的一生借助于传说带上了更多的传奇色彩。由于他在人们心目中独特而美好的印象，人们怀念他、神化他。神化从他的出世开始。相传中国的五百罗汉最早出现在东晋时的天台石梁。而济公诞生时正好碰上国清寺罗汉堂里的第十七位罗汉（即降龙罗汉）突然倾倒，于是人们便把济公说成是罗汉投胎，从此，高僧成了活佛，凡人道济成了历代供奉祭祀的神佛。济公形象广受欢迎，有其深刻的历史和社会的原因。在旧社会，呻吟在封建枷锁中的平民百姓，反抗失败之余，往往企图借助侠客豪杰、神仙鬼怪的超人力量改变现状，求得精神上的慰藉。于是民间艺术家、小说家、说书艺人，就抓住济公既“颠”且“济”这两个方面，把侠士剑客、绿林英豪，神仙道化、滑稽俳优等特点，汇集到一个疯和尚身上，并赋予他扶危济困、除暴安良、拯溺救死、彰善罚恶等种种美德，成为一个以破芭蕉扇为武器的中国式的“佐罗”。

《西域志》中记载：“天台山石梁桥古方广寺，五百罗汉之所住持，其灵异事迹往往称著。”黎民盼望救星，社会呼唤英雄，出生于天台的济公成佛后的尊号长达28个字：“大慈大悲大仁大慧紫金罗汉阿那尊者神功广济先师三元赞化天尊”，集佛道儒于一身，堪称神化之极致。这就说明传说中的济公已经深受广大人民群众的喜爱，成为人民心中的“活佛”，反映出济公形象的广泛亲和力。

济公传说经久不衰，济公之所以受民众崇拜是因为他的平易近人，济公并不像其他神佛般神圣不可侵犯。他衣衫破烂、言行乖张，且饮酒吃肉、终日颠狂，是以神人合一无差别相，故能深入民间广得人心。按佛教丛林规矩，喝酒吃肉无疑触犯佛门清规，而济公百无禁忌为所欲为，当然为佛门所不容。济颠的成名并非因其道行高深或精通佛法，而是因他特立独行的行为和狂放不羁的性格，后人于是将一些怪异有趣的故事加诸他身上，使他变得更为神奇。随着时间的演进，济公的生平事迹也愈演愈精彩，愈编愈离谱。

由济公传说演化出济公的故事，虽多为鸿篇巨制，实际上是由许多独立的故事连缀而成，用今天的话来说，是系列剧而非连续剧。因此，如《济公后传》、《续济公传》、《小济公传》等虽名为续集，情节却完全可以独立于《济公全传》之外而存在。而且故事内容与人物形象，与《全传》相比也有较大的变化。在这些故事中，济公的活动范围从市井社会拓展到整个朝野江湖，济公的所作为也从撮合男女美满姻缘、扶危济困、除怪降妖扩展到关系国家安危的军机大事。社会场景更为广阔，情节也特别丰富、曲折，引人入胜。济公的形象也从一个游戏人间行侠仗义的“颠僧”，逐渐演化成一个忠肝义胆、神机妙算、佛法无边的济世活佛。

济　公

浙江省旅游科学研究所旅游发展战略研究室主任冷晓先生认为：济公形象是在特定社会条件下为被压迫民众表达抗争的化身。在古代封建专制统治下，人们生活在“人吃人”的黑暗时代，受苦受难的劳动人民多么希望有一种力量来保佑他们的平安，为他们伸张正义，多么希望人世间有人能济困扶危，救人急难。除冥冥中的“神鬼”外，人们追求的现实生活中有一种理想化了的形象出现，于是塑造了“抱打不平”的梁山好汉、铁面无私的包公、济世扶困的济公，其中超乎人为力量最为理想的形象就是济公。恩格斯在《反杜林论》中也指出：“人们往往把人间的力量采取超人间力量的形式”，也就是用宗教神学的力量来代表民意。济公传说就是人们在理想化追求中出现的神化现象，使济公从普通僧人演化为颠僧，演化为“罗汉转世”和“活佛”，成为人们崇拜的偶像和震慑邪恶的道义力量。

济　公

当然，按照唯物史观的观点，特定的人与事在历史上的出现，必定是一种特定的社会文化现象。济公传说在南宋社会的出现和盛行也反映了那个社会的特定人文现象：奸相当道，陷害忠良，济公代表民意嘲弄惩治奸相，大闹秦相府；贪官污吏压榨人民，济公为水深火热中挣扎的百姓出气，加以惩治；豪富恶霸横行乡里，济公为人民惩恶除佞……正因为济公是神化了的“罗汉”、“活佛”，他的能量大大超过了梁山好汉和包公，伸张正义，惩富济贫，做了人家做不到的事情，其艺术影响力得到了无限扩张，在人间越传越多，越传越神。

济公传说越传越多，越传越神，还越传越远。港台自不必说，日韩及东南亚、欧美的济公崇拜也十分盛行。济公传说已是中华文化的一部分，济公的言行中承载了中华传统文化中许多优秀的文化内涵。儒家以人为本位，以仁为核心，把人格价值置于生命价值之上；济公扶困济贫，不畏权贵。道家崇尚个人存在，强调顺乎自然，避世隐居；济公自号“湖隐”，隐于僧寺、隐于闹市、隐于颠狂酒肉之中，“暑寒无完衣”，虽“形蝶露人，姗笑自视”，怡然自若。不是极端崇尚自然者，不可能有这样的举止。比较而言，济公以佛道为主，但他信佛崇道融儒，各取所长自成其道，于是有了“方圆叟”的称号。“方”就是胸有方心，体无媚骨，出污泥而不染；“圆”就是智慧如源泉之不竭，触类旁通。为了救苦救难，可以隐于疯颠酒肉间，可以忍受把自己的“皮囊”折腾到只剩“棱棱的瘦骨几根，瘪瘪的精皮一片”的痛苦。

确实，对济公这个人以及他的思想再找不出比“方圆”二字再恰当的概括了。常言道：没有规矩不成方圆。这句俗语，同样也适合济公，在济公看似颠狂不羁的外在形貌之中其实有着一颗坚定不移的济世之心。学习济公永怀一颗公心，传承济公的济世精神，仿照济公与俗为伍又不落俗套，为建设和谐社会尽一份义务，这便是笔者编写这本小册子的用心所在。

图书在版编目（CIP）数据

济公传说／柯玲编著．—北京：中国社会出版社，2006.9

（中国民俗文化丛书／刘魁立，张旭主编）

ISBN 978－7－5087－1425－7

Ⅰ．济…　Ⅱ．柯…　Ⅲ．民间故事—简介—中国　Ⅳ．I207.7

中国版本图书馆 CIP 数据核字（2006）第 108495 号

丛 书 名：中国民俗文化丛书
主　　编：刘魁立　张　旭
全案策划：李春园
书　　名：济公传说
编　　著：柯　玲
责任编辑：孙　研
出版发行：中国社会出版社　邮政编码：100032
通联方法：北京市西城区二龙路甲 33 号新龙大厦
电　话：（010）66080300　（010）66083600
（010）66085300　（010）66063678
邮购部：（010）66060275　电　传：（010）66051713
编辑室：（010）66060097
网　　址：www.shcbs.com.cn
经　　销：各地新华书店
印刷装订：中国电影出版社印刷厂
开　　本：155mm×225mm　16 开
印　　张：10.5
字　　数：88 千字
版　　次：2011 年 4 月第 3 版
印　　次：2014 年 9 月第 12 次印刷
定　　价：17.80 元